باغبان

اور دیگر افسانے

عزیز احمد

Baaghbaan aur diigar Afsane (Short Stories)

by: Aziz Ahmad

Edition: May '2024

Publisher :

Taemeer Publications LLC (Michigan, USA / Hyderabad, India)

ISBN 978-93-5872-340-3

9 789358 723403

کتاب	:	**باغبان اور دیگر افسانے**
مصنف	:	**عزیز احمد**
ترتیب و تدوین	:	سید حیدرآبادی
صنف	:	فکشن
ناشر	:	تعمیر پبلی کیشنز (حیدرآباد، انڈیا)
سالِ اشاعت	:	۲۰۲۴ء
صفحات	:	۷۸
سرورق ڈیزائن	:	تعمیر ویب ڈیزائن

فہرست

تعارف

عزیز احمد اردو فکشن کا ایک معتبر نام ہے۔ ترقی پسند تحریک کے عروج کے زمانے میں انہوں نے اردو میں کئی شاہکار ناول اور افسانے لکھے۔ اردو فکشن کے علاوہ تنقید، ترجمہ نگاری، تاریخ اور اسلامی ادب میں ان کی نگارشات قدر کی نگاہ سے دیکھی جاتی ہیں۔ ایک ایسے دور میں جب کہ اردو فکشن میں منٹو، عصمت، بیدی اور دیگر کا چرچا تھا عزیز احمد نے بھی ناول نگاری کے سلسلے کو جاری رکھا اور اردو ناول کی تاریخ میں وہ ایک ترقی پسند ناول نگار کی حیثیت سے جانے جاتے رہے۔ عزیز احمد کا تعلق حیدرآباد دکن سے تھا۔ لیکن تقسیم کے بعد وہ پاکستان منتقل ہو گئے اور اپنی عمر کے آخری ایام کناڈا میں بسر کیئے۔ ۱۱ر نومبر ۱۹۱۳ء کو حیدرآباد دکن میں پیدا ہونے والے عزیز احمد آخرکار ۶۵ برس کی عمر پانے کے بعد ۱۶ر دسمبر ۱۹۷۸ء کو کناڈا میں انتقال کر گئے اور ان کی تدفین کناڈا ہی میں عمل میں آئی۔

یہ کتاب عزیز احمد کے چار یادگار افسانوں پر مشتمل ہے۔

پاپوش

دلبر علی خاں چھوٹے سے جاگیر دار ہیں جس زمانے میں حیدر آباد کے نواح میں کشن پلی کی پہاڑیاں ایک بڑا فیشن ایبل محلہ بن گئیں انہوں نے یہاں بلندی پر ایک چھوٹا سامکان بنوا لیا۔ تین کمرے، ایک بر آمدہ، باہر ایک بر آمدہ اور چبوترہ اور پہاڑی کی ڈھلوان پر ایک بے ہنگم سا باغ جس میں نیم، ببول اور بہت سے خودرو پودوں کے ساتھ ساتھ دو چار سرو کے درخت تھے۔ سرخ پھولوں کی جاپانی بیلیں تھیں۔ گلاب البتہ کئی قسم کے تھے۔

اس باغ میں اور بر آمدے میں تعطیلات کے دنوں میں دلبر علی خاں یا ان کے خاندان کے متفرق افراد، محلہ کے دوسرے بنگلوں والوں کو ٹہلتے نظر آتے ہیں۔ دلبر علی خاں کو جاگیر سے کوئی چار پانچ سو روپیہ ماہوار کا اوسط مل جاتا تھا اور ان کے پاس دو موٹریں بھی تھیں۔ ایک چھوٹی سی ڈی۔ کے۔ ڈبلیو اور ایک بڑی شورلٹ۔ شورلٹ پر ٹیکسی کا نمبر تھا اور اس کی رجسٹری بھی انہوں نے ٹیکسی کی حیثیت سے کرائی تھی۔

اس سے فائدہ یہ تھا کہ پٹرول راشنگ کے اس تکلیف دہ زمانے میں انہیں تیس گیلن کے قریب پٹرول مل جاتا تھا۔ لیکن دلبر علی خاں نے سرکاری نوکری بھی کر لی تھی۔ محکمہ۔۔۔ میں وہ انسپکٹر تھے ناکے پر کبھی اپنی چھوٹی گاڑی اور کبھی بڑی شورلٹ میں بڑی شان سے جاتے۔ ان کے افسر بھی انہیں نواب صاحب کہتے اور باوجود اس کے کہ وہ اپنے

افسروں کو ہمیشہ اپنے سے برتر سمجھتے اور تعظیماً صاحب کہتے، مگر ان کی بھی عزت کی جاتی تھی۔ اپنے آباؤ اجداد کی طرح نواب دلبر علی خاں کا بھی راسخ عقیدہ تھا کہ سرکاری ملازمت سے عزت ہوتی تھی۔ خواہ وہ سرکاری ملازمت انسپکٹری ہی کیوں نہ ہو۔ ورنہ بیکار نوابوں کی آمدنی کتنی ہی ہو، ان کو کون جانتا ہے؟ نوکری میں اتنی عزت تو ضرور ہے کہ اگر دس افسروں کا حکم ماننا پڑتا ہے تو دس ماتحتوں پر حکم چل بھی سکتا ہے۔ اس لیے نواب دلبر علی خاں اپنے ڈھلوان پہاڑی کے باغیچے میں صرف تعطیلوں میں ہی نظر آتے ہیں۔ تین لڑکے جوان تھے۔ تینوں یونیورسٹی میں پڑھتے تھے۔ ایک ایل ایل بی کر رہا تھا۔ ایک بی اے میں تھا۔ ایک انٹر میڈیٹ کے سال اول میں۔ کالج کے وقت سے پہلے اور اس کے بعد یہ تینوں اس باغیچے میں اکثر کاشت کاری میں مصروف رہتے۔ خصوصاً برسات میں موسمی پھولوں کے بیج بوئے جاتے اور بھٹے، کیلے اور بہت سی اجناس کی تخم ریزی کی جاتی۔ ان میں سے ایک لڑکا بر آمدے میں پابندی سے مغربین کی نماز پڑھتا نظر آتا۔

کشن پلی میں کوئی بھی زیادہ پردہ نہیں کرتا۔ ان پہاڑیوں میں پردہ تو پردہ تخلیہ بھی ذرا مشکل ہی ہے۔ بنگلے ٹیلوں پر اور نشیبوں میں اس طرح بکھرے ہیں کہ ہر ایک بنگلہ دوسرے کے لیے منظر عام ہے۔ مکانوں کو ہوادار بنانے کے لیے کھڑکیوں کی وہ کثرت ہے کہ ایک مکان سے دوسرے مکان کے کمرے کا سارا فرنیچر گن لیجئے۔ اسی لیے نواب دلبر علی خاں کے گھرانے میں بھی پردے کا کوئی ایسا خاص اہتمام نہ تھا۔ ان کی بیگم جو چالیس سال کی ہوں گی اکثر "ماٹی ملے "نوکروں اور (دماغ چوٹی حرام زدای) ماماؤں کو ڈانٹتی ہوئی بر آمدے میں یا باغ میں نظر آتیں۔ کبھی بھینسوں کو چرانے والا چھوکرا نہ آتا تو وہ اپنے باغ میں بھینسوں کی رکھوائی بھی کر لیتیں۔ آس پاس کے تمام بنگلوں میں پچیس سال سے کم عمر کی لڑکیاں انہیں سکینہ خالہ کہتیں۔ وہ تھیں بھی جگت خالہ ہر ایک کے دکھ

درد میں شریک۔ ہمسایوں میں کسی کے یہاں زچگی ہو، کسی کا بچہ بیمار ہو۔ وہ برابر مدد کے یا خدمت کے لیے موجود۔ بعض سے تو ان کے اتنے مراسم تھے کہ گھر کی مالکن گرمیوں میں اپنے میاں کے ساتھ بنگلور یا مہابلیشور جائیں تو اپنے بچوں کو اور گھر کی کنجیوں کو سکینہ خالہ کے سپرد کر جاتیں اور جب واپس آتیں تو انہیں حیرت ہوتی کہ سکینہ خالہ کے خانہ داری کے زمانے میں خرچہ اندازے سے کم ہوا ہے۔

جب کشن پلی کے کسی خالی بنگلے میں کوئی نئے لوگ آتے تو کسی اور بیگم کے ساتھ سکینہ بیگم ملاقات کے لیے سب سے پہلے پہنچتیں۔ انکسار میں کوئی کمی نہ کرتیں۔ یہاں تک کہ بعض دماغ چوٹی چھوکریاں ان کے انکسار کو بیوقوفی سمجھنے لگتیں۔ جب صدر المہام بہادر کے کاغذات ممہور کی بھتیجی نے کشن پلی میں ایک مکان کرائے پر لیا تو سکینہ بیگم تیسرے ہی روز ملنے کو پہنچیں اور دل افروز سلطان یعنی صدر المہام بہادر کی بھتیجی کو ادب سے جھک کے سلام کیا۔ دل افروز نے کہا۔ "خالہ مجھے آپ کو سلام کرنا چاہیے۔ میں چھوٹی ہوں آپ بڑی ہیں۔ آپ مجھے شرمندہ کرتی ہیں۔"

تو یہ بات سکینہ خالہ کی سمجھ میں بھی آگئی اور انہوں نے تلافی مافات کے لیے دل افروز کی چٹ چٹ بلائیں لیں اور دل افروز اور اس کے دلہا کو دعائیں دیں۔

سکینہ بیگم اور نواب دلبر علی خاں کے دو لڑکیاں بھی تھیں۔ ایک زینب تھی جو اب کوئی سولہ سترہ سال کی ہو گئی تھی۔ زینب پر پابندی زیادہ تو نہ تھی مگر وہ ماں باپ سے پوچھے بغیر دل افروز، مہر نگار، شوبھا یا اور کسی "آپا" کے بنگلے نہ جا سکتی تھی۔ جب دفتر کے وقت ان آپاؤں کے میاں چلے جاتے تب وہ کبھی سکینہ بیگم کے ساتھ، کبھی اپنی چھوٹی بارہ سالہ بہن شہر بانو کے ساتھ ان سب کے یہاں جاتی۔ یوں ان لڑکیوں پر بھی پردے کی کوئی سخت پابندی نہ تھی۔ برآمدے میں وہ عموماً پھرتی رہتیں۔ محلے کے دولہے بھائیوں

میں سے کسی سے آمنے سامنے آگے بات چیت تو نہ کرتیں مگر دور سے ان کو دیکھ کے چھپنے کی بھی کوشش نہ کرتیں اور کشن پلی میں کوئی کسی سے چھپتا ہی نہیں تھا۔

سکینہ بیگم کے ملازمین میں صرف قابل ذکر ہے یہ ایک پانچ سال کا چھوکرا ہے۔ چھ مہینے ہوئے دلبر علی خاں نے دورہ کرتے ہوئے جوگی پیٹھ کے قریب اس یتیم و یسیر لڑکے کو ایک ایک دانہ چاول کے لیے ترستے ہوئے دیکھا تھا۔ شہر بانو ضد کرنے لگی کہ ہم اس کو پالیں گے۔ یوں تو وہ اسے گاؤں سے اٹھا نہیں لا سکتے تھے۔ دلبر علی خاں نے دریافت کیا تو معلوم ہوا کہ اس کی صرف ایک پھوپھی ہے۔ جسے خود ہی کچھ کھانے کو میسر نہیں۔ پانچ روپے دے کر دلبر علی خاں نے اس سے یہ لڑکا لے لیا اور ان کا نام حر رکھا۔ حر اس لیے کہ خریدتے ہی شہر بانو نے اسے آزاد کر دیا تھا اور نوکر رکھ لیا تھا۔ یہ بچہ حر اب آدھی اردو اور آدھی تلنگی تتلا کے بولتا تھا اور بیک وقت نوکر بھی تھا اور کھلونا بھی۔ زینب اور شہر بانو دونوں کی مار بھی کھاتا تھا اور دونوں اسے چاہتی بھی بہت تھیں۔ حر اس عمر میں اس طرح کام کرتا تھا کہ تمام ہمسایوں کو حیرت تھی۔ محرم کے روٹ یا حلوے کی سینی اس کے سر پر رکھ دی جاتی اور شہر بانو یا سکینہ بیگم اس سے کہتیں "حر! یہ حصہ لے جا کر مہر نگار کے یہاں دے کے آ۔ اگر گرایا تو پھر دیکھ۔"

اور یہ بچہ، کالی، چھوٹی سی شکل، بمشکل ڈیڑھ فٹ کا قد، پہاڑی پگڈنڈی سے، سرکس کے مسخرے کی طرح سر پر تھالی کا بوجھ سنبھالے اترتا۔ شکریہ کی چٹھی لکھ کے تھالی میں رکھ دیتا۔ اگر کوئی خدا ترس ہوا تو ذرا سی مٹھائی حر کو بھی کھلا دیتا۔ خر پر اگر کوئی زیادہ مہربان ہوتا تو یہ پانچ سال کا بچہ جو مشین کی طرح کام کر سکتا تھا اپنے کو بچہ سمجھ کے رو دیتا۔ وہ بچوں کی طرح شرمیلا تھا اور نوکری کی تو مجبوری تھی۔ لیکن اجنبیوں کی دخل اندازی اور ان کا زبردستی کا رحم اور پیار اسے گوارا نہیں تھا۔

سکینہ بیگم اور دلبر علی خاں اور ان کے بچے جب کھانا کھاتے تو وہ دور بیٹھا ہوا کھانے کو دیکھتا رہتا۔ لیکن جب وہ کھانا کھا چکے تو پھر کسی نوکر یا ماما کی مجال نہیں تھی کہ دستر خوان کے یعنی خاصے کے کھانے میں سے ایک لقمہ بھی حر سے پہلے کھائے۔ بچے ہوئے دستر خوان سے جو چیز اسے پسند آتی۔ وہ سب سے پہلے اسے اپنی مٹی کی رکابی میں انڈیل لیتا اور اگر کوئی ماما اسے چھیڑتی اور دستر خوان اٹھاتے وقت کوئی چیز حر کو نہ لینے دیتی تو وہ رونے لگتا۔ "دیکھ درا سانی" اور درا سانی (مالکہ) یعنی حر کی شہر بانو یا چھوٹی بی بی فوراً ماما کو ڈانٹتی "کیوں گے (ری) کیوں چپ کی چپ ستارئی (رہی ہے) اس کو" یا اگر کہیں کوئی ماما ایسا غضب کرتی کہ حر کے کھانے سے پہلے سچ مچ کچھ کھا لیتی تو پھر موقع کی اہمیت کے لحاظ سے سکینہ بیگم کو غصہ آتا، "کیوں ری مشٹنڈی" حرام زادی۔۔۔ کھا کھا کے کیسی نکل رہی ہے دیکھ حرام یک چڑیل کو۔"

الغرض حر کا مرتبہ دلبر علی خاں کے گھرانے میں ہندوستانی نوکروں سے زیادہ اور ولائتی کتے کے برابر تھا۔

گرمیوں کے دنوں میں چھٹی لے کے (دلبر علی خاں) اکثر اپنی جاگیر کو جایا کرتے تھے لیکن سکینہ خالہ اور بچے ان کے ساتھ بہت کم جاتے تھے۔ اس کی وجہ ہمسائے کی تمام بیگماتے کو معلوم تھی۔ سکینہ خالہ دل افروز سے کبھی کبھی دکھڑا روتیں "بی بی۔ میں کیا بولوں آپ سے میری پالی ہوئی چھوکری، وہی منڈی کاٹی، چھ۔۔۔ گلزار۔ ہمارے صاحب، اس پر ریچ (پر ہی) نیت خراب کیے ہیں۔ میرے سے بولے سکینہ تیرے کو ڈاکٹر ان تین مہینے کا پرہیز بتائے ہیں۔۔۔"

"وہ کاہے کا پرہیز۔" دل افروز کی والدہ نے چھالیا کترتے ہوئے پوچھا۔

اپنی والدہ کے اس بے احتیاط سوال اور ان کی ناسمجھی پر جھینپ کے دل افروز نے

کہا۔

"چپ بیٹھو مما"

مگر سکینہ خالہ تشریح پر تلی ہوئی تھیں۔ "قریب آنے کا پرہیز آیا"۔ بڑی بی سمجھ کے، مسکرا کے پھر چھالیا کاٹنے لگیں۔ دل افروز جھینپ کے سوچنے لگی۔ سکینہ خالہ کو اپنے گھر کے سارے بھید اس طرح بیان کرنے کی کیا خاص ضرورت تھی۔

پھر سکینہ خالہ نے کہنا شروع کیا۔ "میرے سے بولنے لگے۔ سکینہ تیرے کو ڈاکٹر ان تین مہینے کا پرہیز بتائے ہیں۔ میں پھر گلزار سے تین مہینے کا متعہ کرلیتا ہوں۔ تیرے پیر پڑتاؤں سکینہ۔ میں اس کو یہاں حیدرآباد دلیتاؤں۔ میں بولی نواب تمہارے کو شرم لحاظ نہیں۔ ماشاء اللہ سے تین بیٹے، ایک بیٹی جوان جہان ہے۔ پچاس سال کی عمر ہونے کو آئی۔ پانچ برس میں کیا بولتے ہو کہ وظیفہ لے کے اللہ اللہ کرنے کا وخت آئیں گا اور اب یہ سب کاماں کریں گے۔ قسم امیر علیہ السلام کی، تم اس لونڈی کو لاؤ تو سہی، میں تمہارا گھر چھوڑ کے نہیں چلی گئی تو بولو۔ بی بی میرا مہر پچاس ہزار ہے۔ کیا میں اس کو چھوڑوں گی۔ حضرت عباس کی قسم دعویٰ کر کے ایک ایک کوڑی جھڑالوں گی۔۔۔ مہر برابر وصول کرنا بی بی۔ خدا کی شان ہے جو لونڈی میری پاپوش کے برابر نہیں تھی۔ سوانے آج کے دن میری سوکن بنے گی۔ میں اپنے بچوں کو لے کے نہیں چلی گئی تو انے دیکھنا۔ میں اس کی لونڈی باندی ہوں کیا۔ انے بے چارہ سمجھتا ہوں گا۔ میرے کو پچاس ہزار میں خرید لیا۔ مگر پچاس ہزار میں پہلے دھر والیوں گی۔ میری شادی کچھ ایسی ویسی ہوئی تھی۔ بی بی میں نواب گزارش جنگ کی بیٹی ہوں۔ کچھ ہنسی ٹھٹھا نہیں۔ میری شادی میں مہاراجہ کشن پرشاد، حیدری صاحب، آپ کے چچا، سب لوگاں آئے تھے اب تک ہمارے دیوان خانے میں تصویر لگی ہے۔ آپ کبھی آئے تو دیکھو۔۔۔ آپ لوگوں میں اچھا ہے۔ متعہ

وتعہ کا جھگڑا نہیں۔"

دل افروز کی والدہ نے کہا "تو کیا ہوا۔ ہم لوگوں میں متعہ نہیں تو مرداں نکاح متعہ کے بغیر ہی عورتوں کو گھروں میں ڈال نہیں لیتے کیا؟"

"ہاؤ۔ یہ بھی ٹھیک بات بولے آپ"۔ سکینہ بیگم نے ان کی رائے سے اتفاق کیا۔

لیکن معلوم ہوتا ہے کہ کسی طرح نواب دلبر علی خاں وہ کر ہی گزرے جس کا اندیشہ تھا۔ انہوں نے اس چھوکری گلزار سے متعہ کر لیا گلزار کی ماں اور اس کی نانی اس سے پہلے اسی گھرانے میں نوکر تھیں۔ گلزار یہیں پیدا ہوئی تھیں اور اس کی جوانی، بھینس کی جوانی کے آتے ہی سب ریجھ گئے۔ نواب دلبر علی خاں تو ایک طرف نواب دلنواز علی خاں یعنی ان کے والد جن کی عمر اب اسی سال کے اوپر تھی۔ جن کی پشت خم ہو چکی تھی اور جو بات بات پر کھانستے تھے اور ہر محفل میں نواب افضل الدولہ مرحوم کے زمانہ سلطنت کا ذکر کرتے تھے۔ وہ نواب دلنواز علی خاں تک اس نوجوان بھینس کے قدردانوں میں تھے۔ اس سے ہاتھ پیر دبواتے۔ اسے حکم دیتے کہ ان کے سامنے ہی بیٹھی رہے۔ ابھی ساغر و مینا مرے آگے اور ان کے نوجوان پوتوں کا پوچھنا ہی نہیں تینوں گلزار پر ترچھی ترچھی میٹھی میٹھی نگاہیں ڈالتے۔ مگر جب انہیں معلوم ہوا کہ یہ نوجوان بھینس والد بزرگوار کو پسند آئی ہے تو یہ شریف لڑکے مجبوراً دست بردار ہو گئے اور نواب دلبر علی خاں نے متعہ کر کے اسے رکھ ہی لیا مگر حیدر آباد میں نہیں، جاگیر میں۔

اس سال حیدرآباد میں اس کڑاکے کی گرمی ہوئی کہ خدا کی پناہ اور کشن پلی کے پتھریلے ٹیلے دن کے گیارہ بجے سے تپنا شروع کر دیتے۔ حیدر آباد میں لو نہیں چلتی۔ لیکن اس سال اپریل ہی سے ہوا میں لو کی سی گرمی تھی۔ تالاب، کنٹے سب سوکھ گئے تھے اور خود حسین ساگر اور گنڈی پیٹھ میں بہت تھوڑا سا پانی رہ گیا تھا۔ اس لیے جب دلبر عالی خاں

نے اپنی بیوی اور بچوں کو جاگیر چلنے کے لیے کہا تو ان کی بیوی اگرچہ یہ کہہ کے کئی دن تک انکار کرتی رہیں۔ نواب میں تو نہیں آتی۔ وہاں تم اس حرام زادی سنڈی کو رکھے ہیں۔ اس کو دیکھتے ہی مریا ہاتھ اٹھیں گا اور میں اپنی پاپوش اس کو کھینچ کے ماروں گی۔ پھر تم میرے سے لڑیں گے اور جوان جہان بچوں کے سامنے تھکا فضخیتی ہوئیں گی۔ یہ سب کائیں کو۔ تم جاؤ۔ میں آتیچ (آتی ہی) نئیں۔" لیکن گرمیوں کی شدت سے مجبور ہو کے وہ اور بچے بالاخر تیار ہو گئے۔

جاگیر پہنچ کے سکینہ خالہ گلزار سے اسی طرح کا سلوک کرتیں جیسا نوکرانیوں سے کیا جاتا ہے۔ لاکھ نواب نے اس سے متعہ کیا ہو۔ لیکن اس حرام زادی کی کیا مجال جو حر سے پہلے دستر خوان کا بچا ہوا ایک ٹکڑا بھی وہ کھالے۔ گلزار کو وہ وہی کھانا دیتیں جو اور سب نوکروں کو ملتا۔ ناشتے میں جوار کی روٹی۔ دوپہر میں باجرہ کی روٹی اور موٹے چاول اور دال۔ شام کو موٹے چاول اور ایک بگھارا سالن یا کڑھی۔ دلبر علی خاں کچھ کہتے تو سکینہ بیگم بپھر کے کہتیں "یہ لونڈی رنڈی نوکروں کا کھانا نہیں تو کیا سرداروں کا کھان کھائیں گی۔ میری اور میری بچوں کی پاپوش کی برابری کریں گی؟"

ایک دن سکینہ بیگم نے اپنے میاں اور گلزار کو اس کی کوٹھڑی میں دیکھ لیا تھا دن بھر وہ چڑچڑاتی اور غصہ کرتی رہیں۔ شام کے کھانے پر صحن میں وہ ان کے میاں اور سب بچے بیٹھے تھے۔ کھانا صحن میں شطرنجی پر ہوتا تھا اور ذرا اول وقت ہی ہو جاتا تھا کہ پتنگے پریشان نہ کریں۔ حر شطرنجی سے ذرا دور بیٹھا دستر خوان اور اٹھتے ہوئے لقموں پر نظر جمائے تھا۔ گلزار قریب ہی کھڑی کھانا کھلا رہی تھی اور دلبر علی خاں کو دیکھ دیکھ کے ہنس رہی تھی۔

سکینہ بیگم کا خون دفعتہ کھول اٹھا۔ "جا یہاں سے مر دار۔ یہاں کیا نخرے کرے رہی ہے۔"

دلبر علی خاں نے کہا "انے کیا کر رئی ہے بے چاری۔"

"بے چاری؟" سکینہ بیگم کی آواز چیخ بن گئی۔ "انے بے چاری ہے۔ ایک تم بیچارے، ایک انے بے چاری۔ شرم نہیں آتی بڈھے تیرے کو۔ دیکھ یہ تیری جوان بیٹی بیٹھی ہے تو اس کے اور بچوں کے سامنے ایک ادنیٰ چھوکری سے ہنسی ٹھٹھا کر رہے۔ یہ رنڈی، چھہ۔۔۔ ال کو اشارے کر را ہے۔ یہی سبخ (سبق) دے رہا ہے۔ جوان بیٹی کو آج تو میں یہ حرام زادی کی چوٹی کاٹوں گی۔"

"دیکھو سکینہ۔ تم چپ نہیں بیٹھے تو میں مزہ بتاؤنگا"۔ نواب دلبر علی خاں کو بھی اب غصہ آرہا تھا۔

"کیوں کیا کریں گے تم میرے کو۔ کیا مزہ بتائیں گے جی۔ ساری عمر چپ بیٹھی نا جی میں چپ بیٹھ بیٹھ کے تو آج یہ حال ہوا۔ کیا کریں گے تم میرے کو۔ بولونا"۔ سکینہ بیگم نے ہسٹریا کے عالم میں چیختے ہوئے بکنا شروع کیا۔

دلبر علی خاں چپ ہوگئے۔ مگر سکینہ بیگم کا غصہ بڑھتا جارہا تھا۔ وہ گلزار کی طرف مخاطب ہوئیں۔

"نکل یہاں سے رنڈی، مردار، مال زادی۔" اور یہ دیکھ کر کہ گلزار اپنی جگہ سے نہیں ہل رہی ہے۔ انہوں نے اپنی جوتی اٹھائی اور اسے مارنے کو اٹھیں۔

دلبر علی خاں نے جھپٹ کر جوتی ان کے ہاتھ سے چھین لی اور اسی جوتی سے سکینہ بیگم کو مارنا شروع کیا۔ اپنے تین جوان بیٹوں، اپنی بیٹیوں کے سامنے۔ سکینہ بیگم اور زور زور سے چیخنے اور رونے لگیں۔ "مارو میرے کو مارو، آج تم میرے کو مار ڈالو"۔ دونوں لڑکیاں ایک دوسرے کو لپٹ کر رونے لگیں۔ حر بھی بجائے کھانے کی طرف گھورنے کے چیخیں مار مار کر رونے لگا۔ تینوں لڑکے اٹھ کے بے طاقت بتوں کی طرح بے حس و

حرکت کھڑے ہو گئے اور گلزار نے ہنسنا شروع کیا۔ ہسٹریا اور فتح کی ملی جلی ہنسی۔ آج ایک جوان لونڈی نے بڈھی مالکہ پر فتح پائی تھی۔ جو پاپوش بچپن سے اس کے سر پر پڑتی رہی تھی۔ آج بیگم صاحبہ کے جسم پر برس رہی تھی۔

اتنے میں منجھلے لڑکے نے بڑے سے آہستہ سے کہا، "بھائی یہ حرام زادی ہنس رہی ہے۔"

اس پر بڑے نے فوراً اپنا جوتا سنبھالا اور گلزار کی طرف جھپٹا۔ دلبر علی خاں اپنی بیوی کو چھوڑ کے اس سے لپٹ گئے۔ بڑے لڑکے نے غضبناک لہجے میں کہا۔ "ابا، آپ نے ہماری ماں کو جوتوں سے مارا۔ اس حرام زادی کے لیے اور یہ کھڑی ہو کے ہنس رہی ہے۔ میں تو آج اس کو مار ڈالوں گا۔ چھوڑیئے آپ" باپ کی گرفت اور مضبوط ہو گئی اور بیٹا باپ پر جوتا نہ اٹھا سکا۔ جوتا اس کے ہاتھ سے گر گیا اور وہ پھوٹ پھوٹ کے رونے لگا۔ لیکن اتنے میں منجھلے اور چھوٹے لڑکے نے اپنے اپنے جوتے سنبھالے اور گلزار پر پل پڑے۔ بڑے لڑکے نے اب باپ کو اپنی جوان آہنی گرفت میں اس طرح پکڑ لیا کہ وہ ہل نہ سکتے تھے۔ چھوٹے اور منجھلے لڑکے نے اپنی ماں کے اس جملے کی بھی پروانہ لی۔ "عباس۔ رشید تو نکو (نہیں) مارو۔ تمہارے باپ نے اس کے ساتھ متعہ کیا ہے۔" جوتے تڑاتڑ تڑاتڑ گلزار پر پڑتے رہے۔ یہاں تک کہ اس کی ناک سے خون بہہ نکلا اور وہ بے ہوش ہو کے گر پڑی اور اس کو مار کھاتے دیکھ کے سب ہی نے اپنی مسرت کو ضبط کیا، شہر بانو تک نے مگر پانچ سال کا غلام حر کھکھلا کے ہنس پڑا۔

سکینہ بیگم دوسرے دن صبح کی گاڑی سے بڑے بیٹے کو ساتھ لے کے حیدر آباد آئیں۔ مگر اپنے گھر نہیں اپنی پھوپھی کے گھر۔ تین مہینے ہو گئے اب تک انہوں نے اپنے میاں دلبر علی خاں کے گھر میں قدم نہیں رکھا ہے۔ لیکن اور سب بچے باپ ہی کے ساتھ

ہیں۔ گلزار سے متعہ کی تجدید ہو چکی ہے مگر وہ حیدر آباد نہیں بلائی گئی۔ جاگیر ہی میں ہے۔ جہاں بڑی تعطیلوں میں دلبر علی خاں چلے جاتے ہیں۔ معلوم نہیں سکینہ بیگم کا ارادہ مہر اور نان نفقے کا دعویٰ کرنے کا ہے یا نہیں۔ وہ کشن پلی میں بہت کم لوگوں کے پاس ملنے کو آئیں۔

دفتر کے دنوں میں تینوں لڑکے کالج چلے جاتے ہیں۔ خود دلبر علی خاں دفتر کو اور شہر بانو بچیوں کے اسکول کو۔ زینب جو مدرسے نہیں بھیجی جاتی گھر میں اکیلی رہ جاتی ہے۔ صرف دو نوکر اور ایک بڑھیا اور ایک ذرا سا حر۔ معلوم نہیں کس مصیبت سے اس کا سارا دن کٹتا ہے۔ باپ سے پوچھ کے کبھی جب محلے کے سارے دولہے اپنی اپنی کچہریوں اور دفتروں کو چلے جاتے ہیں تو وہ دل افروز آپا یا مہر نگار آپا سے ملنے جاتی ہے اور جلد ہی واپس آ جاتی ہے۔ شام کے چار بجے حر کو ساتھ لے کے، کوئی نصف میل کے فاصلے پر اپنی والدہ سکینہ بیگم سے ملنے جاتی ہے اور ان کی خوشامد کرتی ہے۔ سکینہ بیگم راتوں کو اٹھ اٹھ کے وظیفے پڑھتی اور دعائیں مانگتی ہیں کہ ان کی جوان بیٹی پر پنجتن کا سایہ رہے۔ خدا اسے ہر طرح کے شر اور ہر بری نگاہ سے بچائے رکھے۔ لیکن ان کا دل یہ کسی طرح نہیں مانتا کہ اس لڑکی کی حفاظت کے لیے بھی وہ اپنے شوہر کے گھر واپس آنے کا نام لیں۔

***

جادو کا پہاڑ

(۱)

میدان

صبح کے چھ بجے دھوپ نے دماغ میں گھنٹے بجانا شروع کیے۔ بُش شرٹ میں مرد عورتوں جیسے معلوم ہوتے ہیں۔ سلیکس میں عورتیں مردوں جیسی معلوم ہوتی ہیں۔ پتلے سرخ ہونٹ مسکرائے۔ "آپ تو آج بڑے جامہ زیب نظر آرہے ہیں۔" چھوٹی چھوٹی آنکھوں نے پتلے سرخ ہونٹوں کے پیچھے لمبے نوکدار دانتوں کو نظر انداز کر دیا۔ انسان گوشت خور جانور ہے۔ دھوپ نے دماغ پر ہتھوڑے جمائے، "آپ بھی تو آج بڑی خوبصورت معلوم ہو رہی ہیں۔" اور پتلے سرخ ہونٹ پھر مسکرائے۔ نیلی آنکھیں ناچیں۔ بھورے کٹے ہوئے بال ہوا میں لہرائے، "اوہ تھینک یو۔" اور پتلے سرخ ہونٹوں نے سیٹی بجائی۔ کتے کی مادہ دم ہلاتی ہوئی آئی۔

پھر دھوپ نے آنکھوں میں برچھیاں چبھوئیں۔ ہلکے آسمانی رنگ کا دوپٹہ لہرایا، شلوار پہنے ہوئے۔ الف لیلہ اور شکنتلا اور صاف گوئی۔ ادب اور شاعری میں سرین کی تعریف کرنے میں ہرج ہی کیا ہے۔ خدا نے یہ کیا عجیب و غریب چیز بنائی ہے جس کو عورت کہتے ہیں اور عورت نے یہ کیا عجیب و غریب چیز پہن رکھی ہے جس کو شلوار کہتے ہیں۔ بوٹے دار فراک نما قمیص پر ہلکا آسمانی دوپٹہ پھر لہرایا۔ موٹے عنابی ہونٹ مسکراہٹ کے لیے ذرا پھیلے اور گرمی کی شدید شکنیں دور ہو گئیں۔ پھر کالی رسیلی آنکھوں نے دو تیر

جوڑے۔ "شیام! گیٹ کتنے بجے کھلتا ہے؟"

"نو بج کے دس یا بیس منٹ پر۔ بھئی مجھے یاد نہیں۔ سامان سب رکھوا دیا ہے تو چلو۔"

اور ٹو سیٹر کا دل زور سے دھڑکا۔ موٹر سائیکل کے دل کی طرح۔ بش شرٹ نے اسٹیرنگ وہیل سنبھالا۔ پنجابی حسن نے اینگلو انڈین حسن اور بش شرٹ کے درمیان اپنے لیے جگہ محفوظ کرلی۔

"یوکلپٹس، یوکلپٹس، یوکلپٹس، مجھے یوکلپٹس سے سخت نفرت ہے۔" اور اکسلی ریٹر پر پاؤں زور سے پڑا۔ یوکلپٹس کے سب درخت پیچھے رہ گئے۔

"اچھا، سخت نفرت ہے؟" نیلی آنکھوں نے پوچھا۔ لیکن نیلی آنکھوں میں پانی ہی پانی ہوتا ہے۔ تیر نہیں ہوتے۔

موٹے عنابی ہونٹوں سے کچھ اوپر جو دو کالی رسیلی آنکھیں چمک رہی تھیں، ان میں تیر البتہ تھے۔ ایک دم سے اسٹیرنگ وہیل چلانے والے سخت ہاتھوں پر تیروں کی بارش ہوئی۔ بایاں رخسار، کنپٹی کے بال، ناک کی نوک کا بایاں رخ اور چوڑا شانہ بھی تیروں کی زد میں آگئے۔ بائیں آنکھ تو مجروح بھی ہوگئی ہوتی۔ مگر سامنے سے سیلاب کی طرح امنڈتی ہوئی تار کول کی سڑک پر کھیلنے میں منہمک تھی۔ "نفرت تو تمہیں بہت سی چیزوں سے ہے۔ میرے بال بنانے کے طریقے سے۔ اس خوشبو سے جو گریس لگاتی ہے۔ کیوں گریس؟ ٹی۔ ایس ایلیٹ کی شاعری سے ہوٹل کے منیجر کی حماقت آمیز مسکراہٹ سے، اپنی خطرناک ذہانت سے، آنریبل فنانس ممبر کے انگریزی لہجے سے، سر محمد عثمان کی ترکی ٹوپی سے۔۔۔"

"کملا، بھگوان کے لیے۔۔۔ ریس نے کھڑکی سے جادو کے پہاڑ کی طرف دیکھا۔ گھروندے بلندی پر دھندلی دھوپ میں چمک رہے تھے۔ "ترکی ٹوپی؟ ہاں مجھے بھی ترکی

ٹوپی ایسی زیادہ پسند نہیں۔"

موٹے عنابی ہونٹ چڑ کے مسکرائے۔ سینہ تن گیا اور شیام کے حواس نے محض لاشعور کی قوت سے اس تناؤ کو محسوس کیا۔ کملا نے کہا، "گریس ایسا ہے تو آؤ، ہم تم جگہ بدل لیں۔ تم میرے شوہر کے پاس یہاں بیٹھ جاؤ اور جو کہے، ہاں میں ہاں ملاتی جاؤ۔"

سامنے دور سے ایک فوجی لاری آتی ہوئی دکھائی دی، "کملا ڈارلنگ، یہ بڑی بداخلاقی ہے۔" اور شیام نے آتی ہوئی فوجی لاری پر نظریں گاڑ دیں۔

"مجھے بڑا افسوس ہے گریس ڈارلنگ، تم خفا تو نہیں ہو گئیں۔" اور عنابی موٹے ہونٹوں نے سرخ سرخ اینگلوانڈین رخسار کا بوسہ لیا۔ شیام کے منہ میں پانی بھر آیا۔ فوجی لاری زوں سے گزر گئی۔ کالے جمے ہوئے بال، بھورے بالوں سے الگ ہو گئے۔

"یہ سور فوجی لاریوں کے ڈرائیور موٹر چلانا تو جانتے ہی نہیں۔"

دایاں ہاتھ! فراک نما قمیص کی چپٹی ہوتی بوٹے دار آستین میں لپٹا اوپر اٹھا اور شیام کی گردن میں حائل ہو گیا۔

اور پھر راجپور۔ باغوں کا گاؤں، ہرا ہی ہرا، سبز ہی سبز، جھاڑیاں، پستہ قد جھاڑیاں جیسے نباتی شیطان، نباتی چڑیلیں۔ ایک دوسرے سے دست و گریبان، کبھی دور دور پر ایک دوسرے کو تاکتی ہوئی، شیطانی، خاردار نیتیں۔ یہ نباتی چڑیلیں۔ ابھی دیوار کے ٹھنڈے فرشتے بہت دور ہیں، بہت دور، بہت اوپر۔

دروازہ بند تھا۔ فوجی لاریاں، ایک دو تین، پھر ایک ٹیکسی، پھر سہارنپور یوپی نمبر ۲۴۴۸ پھر ایک اسٹیشن ویگن، پھر رام پور کی ایک گاڑی۔ پھر، پھر۔ ٹوسیٹر کے قلب کی حرکت دھیمی پڑی، پھر بند ہو گئی۔ آفتاب نے نباتات تار کو لکی سڑک اور کمر تک ننگے فوجی سپاہیوں کے قہقہوں میں آگ لگا دی۔ لوہے کی سلاخوں کی طرح جلتی ہوئی انگلیوں

نے دستی نکالی اور پیشانی اور گردن سے پسینے کا دریا اُبل پڑا۔

"گرمی بہت ہے۔ ہے نہیں۔" کملا نے معصومیت سے پوچھا۔ حالانکہ خود اس کے کپڑے پسینے سے جسم پر چپک رہے تھے۔

"بالکل دوزخ کی طرح۔" گریس نے دھوپ کی عینک اتار کے پیشانی صاف کی۔

ہلکا سانولا ہاتھ پھر اپنے پتی کی گردن میں حمائل ہوا۔ کچھ فوجی سامنے کی لاری پر مسکرائے اور ایک دوسرے کو ایسٹ اینڈ کی خالص ترین کاکنی میں گالیاں دینے لگے۔ کملا نے لپ اسٹک نکال کے ہونٹوں کے شکنوں کے علاج کی ذرا کوشش کی۔ پھر مایوس ہو کر اپنا سر شیام کے کندھے پر رکھ دیا۔

"کملا۔ بھگوان کے لیے، اول ہی اتنی گرمی ہے۔۔۔ ذرا ہٹ کر بیٹھو۔"

"ڈارلنگ! یہ بڑی بد اخلاقی ہے، خیر میں ہٹی جاتی ہوں۔"

"تھینک یو، معاف کرو ڈارلنگ، مگر مجھے اس کمبخت گرمی سے سخت نفرت ہے۔ اس سخت گرمی میں ڈرائیو کرنے سے سخت نفرت ہے۔"

"تمہیں مجھی سے سخت نفرت ہے؟"

"کملا یہ سڑک بھی کوئی لڑنے کی جگہ ہے؟ ڈارلنگ بھگوان کی قسم مجھے تم سے بہت محبت ہے۔ دنیا میں سب سے زیادہ اور یہ تمہیں اچھی طرح معلوم ہے۔"

گریس نے اظہار اور رد عمل کے تمام دروازے بند کر لیے۔ اس ٹوسیٹر میں نہ شیام اور کملا تھے اور نہ ایک دوسرے سے لڑ رہے تھے۔

جنت کا دروازہ کھلا، فوجی چیخے، لاریوں کی۔۔۔ ان بیسویں صدی کے ہاتھیوں کی چنگھاڑ شروع ہوئی اور سب موٹروں نے حرکت کی۔

کملا اپنے محاذ پر قائم تھی۔

"اب میں تمہارے پاس تو ہر گز نہ بیٹھوں گی۔"

"دیکھو، بیوقوفی کی باتیں نہ کرو۔"

پیچھے سے دو موٹروں نے ہارن بجائے اور آگے نکل گئیں۔

"نہیں میں تو تمہارے پاس ہر گز نہیں بیٹھوں گی۔ گریس مہربانی کر کے دروازہ کھولو۔ میں یہیں سے دون اور دون سے دلی واپس چلی جاؤں گی۔"

اب گریس نے رد عمل کی ضرورت محسوس کی، "کملا ڈارلنگ! بیوقوفی کی باتیں نہ کرو۔ شیام کا یہ مطلب نہیں تھا۔"

"بہر حال اب میں شیام کے پاس نہیں بیٹھوں گی۔ گریس کیا تم مجھ پر ایک عنایت کر سکو گی؟"

"آؤ تم یہاں بیچ میں بیٹھ جاؤ۔ میرا جی چاہے گا تو تمہاری گردن میں باہیں ڈال لوں گی۔"

بش شرٹ کا کالر، دھوپ اور گرمی سے کشتی ہار کے، بے جان ہو کے پیچھے کے گدے کے سرے پر بے جان سا ہو کے گر گیا۔

"کملا، تم۔۔۔ تم بالکل ناممکن ہو؟" اور سورج کا شعلہ اس کے بھیجے کو پگھلا رہا تھا۔

پتلے سرخ ہونٹ مسکرائے۔

"پلیس گریس۔"

"گریس۔ اچھا بیچ میں تم ہی آ جاؤ سہی۔"

نسوانی اعضا میں غضب کی لچک اور پیچ و خم کی صلاحیت ہوتی ہے۔ کسی کے موٹر سے اُترے بغیر اور جگہ دیے بغیر گریس ہٹتی ہوئی کملا کے اوپر سے ہو کے بیچ میں بیٹھ گئی۔

اور چڑھائی شروع ہوئی۔

برق وباراں یا زلزلے کے قلم تراش نے ایک پہاڑی کو کاٹ دیا تھا اور ہر بارش میں اس سے لاکھوں کروڑوں سنگریزے جھڑتے تھے۔ جن سے آس پاس کے تمام پہاڑی نالوں کے دامن بھرے ہوئے تھے۔

اور پھر ایک پل آیا اور باقاعدہ چڑھائی شروع ہوئی۔ تارکول کی لکیر تارکول کا سانپ بن گئی اور ہر موڑ پر گاڑی کے مسافر ایک طرف جھک سے جاتے اور رفتہ رفتہ۔۔۔ رفتہ رفتہ۔۔۔

پہلے شیام نے محسوس کیا کہ اس کا گھٹنا، گریس کے گھٹنے سے، اس کی ران گریس کی ران سے ان پہاڑی موڑوں پر جب مل جاتی ہے تو ایک برق سی دوڑ۔۔۔

اور کنکھیوں سے کملا کی طرف دیکھا۔ وہ کھڑکی سے باہر دیکھ رہی تھی۔ پہاڑ کی ڈھلوان اور یہ درخت۔ یہ ناممکن درخت۔

"یہاں دیوار تو نظر ہی نہیں آتے ہیں۔" گریس نے ناگوار خاموشی کا سلسلہ ختم کیا۔

"ہاں ڈارلنگ۔" کملا نے گریس کے بالوں پر آہستہ سے ہاتھ پھیرا۔ "البتہ اوپر اوپر کہیں کہیں دیوار ہیں۔ ورنہ یہاں تو زیادہ تر شاہ بلوط۔۔۔"

"مجھے شاہ بلوط سے سخت نفرت ہے۔" شیام نے کہا اور ایک موڑ پر پھر اس نے گریس کے جسم کا ہلکا سا لطیف دباؤ محسوس کیا اور اس کے جواب میں ہلکا سا دباؤ۔۔۔ لیکن گریس کملا کی طرف ذرا ہٹ گئی۔

"ڈیش اٹ آل۔ "شیام کے ذہن نے ایک فرضی سگریٹ کا کش لیتے ہوئے سوچا، "اب یہاں اوپر تو اتنی گرمی بھی نہیں۔ یہ عورت کیوں سرک کے ہٹ گئی۔۔۔ یہ عورتیں۔۔۔ یہ عورتیں۔۔۔ یہ ہمیشہ غلط کام کرتی ہیں۔ کملا آ کے لپٹتی ہی جائے گی۔

گریس ہٹتی ہی جائے گی، "کہ اتنے میں ایک موڑ اور آیا۔

پہاڑ کے موڑ اور جسم کا مدافعانہ سمٹاؤ کم ہوتا گیا۔ یہاں تک۔ یہاں تک۔

کہ کملا کی نظر جو پڑی تو شیام اور گریس ٹانگ سے ٹانگ بھڑائے بیٹھے تھے۔ ایک لمحے کے لیے نینوں کے بان زہر آلود ہو گئے۔ شیام کے لاشعور میں اس زہر سے ہلچل سی مچ گئی۔ برقی رو دفعتاً رک گئی۔ اس کی ٹانگ ہٹ گئی اور موٹر کی رفتار تیز ہو گئی۔ گریس کے چہرے پر سرخی دوڑ گئی اور کملا کے چہرے پر مکاری کی انتہائی پر خلوص مسکراہٹ "ہاں ڈارلنگ۔ مسز ساجد علی کی پارٹیوں میں جاتے ہوئے میں کانپتی ہوں۔ ایک دن سیر کے بعد انھوں نے ڈاکٹر تلجاپور کر سے میرا تعارف کرایا اور ڈاکٹر تلجاپور کر نے جھپٹ کے میرا ہاتھ اپنے ہاتھ میں لے لیا۔ گریس ڈارلنگ۔ یقین مانو اس شخص نے ہاتھ سے پلاؤ اور قورمہ کھایا تھا اور ہاتھ شاید رومال میں پونچھ لیا ہو۔ لیکن دھویا ہرگز نہیں تھا۔ تمام چکنائی ویسی ہی لگی ہوئی تھی۔ خود میرے ہاتھ سے تین دن تک اس چکنائی کی بو نہ گئی اور مجھ سے کھانا نہیں کھایا گیا۔ شیام سے پوچھو کیوں ڈارلنگ تم کو یاد ہے نا؟"

جھوٹی ہنسی موڑ پر شاہ بلوط کے درختوں میں گونجی۔ "ہاں ڈارلنگ مجھے یاد ہے۔ لیکن ڈاکٹر تلجاپور کر بڑے قابل آدمی ہیں۔ انھوں نے صوبہ مدارس کے حق خود ارادیت پر جو کتاب لکھی ہے، بڑی دلچسپ ہے۔"

"سچ مچ ڈارلنگ، مجھے بڑی شرم آتی ہے گریس ڈارلنگ۔ آج کل مجھ سے پڑھا نہیں جاتا۔ میں نے یہ کتاب نہیں پڑھی اور شیام پیارے تم کو یاد ہے۔ وہ مصنف جو ہمارے یہاں گزشتہ سال لنچ پر آیا تھا؟"

"کون کراکا۔"

"نہیں، بیوقوف۔ نہیں شیام ڈارلنگ۔ وہ انگریز مصنف جو آیا تھا۔ بیورلی کچھ بیورلی

ہلز نہیں وہ تو ہالی وڈ والی پہاڑی ہے۔"

نقرئی قہقہوں میں ہلکے سرخ ہونٹوں کے پیچھے سے تیز گوشت خور دانت نمودار ہوئے۔

"بیورلی نکلس۔ یقیناً۔" اسٹیرنگ وہیل کے ناخدا نے موڑ پر اس خوبی سے اپنا توازن باقی رکھا کہ ران ران سے اور گھٹنا گھٹنے سے مس نہ ہونے پائے۔ حالانکہ موڑ اتنی شدید قسم کا تھا (یا اگر موڑ مونث ہے تو تھی) کہ کملا اور گریس ایک دوسرے سے قریب قریب بغل گیر ہو گئیں۔

"ہاں بیورلی نکلس۔ اس نے اپنی کتاب بھی بھیجی تھی۔ وہ بھی میں نے نہیں پڑھی۔" اور کملا شریر بچے کی طرح ہنسنے لگی۔

"ڈارلنگ ڈارلنگ۔" شیام نے تنبیہ کے لہجے میں کہا، "میں تمہیں شدت سے منع کرتا ہوں کبھی اس کتاب کی تعریف نہ کرنا اور اگر سوسائٹی میں کبھی اس کا ذکر آجائے تو اس کی سخت مذمت کرنا۔ وہ کتاب بڑے تعصب سے لکھی گئی ہے۔ دیکھو یاد رکھنا۔"

"کیوں ڈارلنگ کیا وہ بہت بری کتاب ہے؟"

"ہاں۔"

"تب تو میں اسے ضرور پڑھوں گی۔" اور کملا نے بچوں کی طرح تالیاں بجائیں۔

اسٹیرنگ وہیل پر پھر سخت ہاتھوں کی گرفت مضبوط ہو گئی اور دونوں ہونٹ بھنچ گئے۔ "ایک دن میرے ہاتھوں تمہارا۔۔۔"

"خون ہو گا۔" کملا نے ہسٹریائی قہقہے کے ساتھ جملہ پورا کیا۔ "شیام کبھی تو جدت دکھاؤ۔ یہ دھمکی تو تم مجھے ڈیڑھ سال سے برابر ایک دن آڑ دیے جا رہے ہو۔"

گریس نے جلدی سے پہاڑی کے اوپر اشارہ کیا اور بے شک چوٹی سے نیچے دور تک

اترتا ہوا جادو کا شہر صاف نظر آرہا تھا۔ منصوری، سوئٹزرلینڈ کا کوئی پہاڑی قصبہ جو ہمالیہ کے جنوب میں چھ ہزار فٹ کی بلندی پر آباد کر دیا گیا ہو، وہی طرز تعمیر۔ ویسی ہی شیشے کی کھڑکیاں۔ وہی چوٹی سے منزل بہ منزل اترتے ہوئے مکانات، وہی پہاڑی پگڈنڈیاں، وہی ہلکی ہلکی دھند۔

"دیودار۔" کملا تالیاں بجا کے پھر طفلانہ خوشی سے چلائی۔

سورج نے دماغ پر گرمی کے ہتھوڑے مارنے چھوڑ دیے تھے۔ کھجوروں اور کھجور نما درختوں کی دنیا سے کئی ہزار فٹ اوپر یہ نئی دنیا آباد تھی۔ دیودار اگرچہ کم تھے مگر سچ مچ کے دیودار۔ ویسے نقلی دیودار نہیں جو بنگلور میں گریس کے گھر پر کرسمس کو منور ہوتے تھے۔

"یہ مقام ایسا برا تو معلوم نہیں ہوتا۔" گریس نے دفعتاً سنجیدہ ہو کر کہا۔

"نہیں، بالکل نہیں، میں نے اب تک جتنے ہل اسٹیشن دیکھے ہیں ان سب میں مجھے یہی سب سے زیادہ پسند ہے۔"

"لو ڈارلنگ ہم پہنچ ہی گئے،" شیام نے کملا کی طرف دیکھا جو دیوداروں اور اس بلندی کے دوسرے درختوں کی خنک خوشبو سے مست ہوئی جا رہی تھی۔

اور ایک اور شاندار موڑ کے بعد سنتری نے ہاتھ کا اشارہ کیا اور وہاں جہاں سب گاڑیاں کھڑی ہو جاتی ہیں کیونکہ اگر یک سرے موئے برتر پرم۔۔۔ تو پھر۔۔۔ تو پھر۔۔۔ صوبے کے گورنر اور ہر کس و ناکس میں کیا فرق باقی رہ جائے۔

(۲)

پہاڑ

خدا نے انسان کو اپنی صورت کے مطابق بنایا۔ خدا نے انسان کو دنیا میں اپنا خلیفہ بنایا

اور انسان نے انسان کو بندر بنایا، کتا بنایا، خنزیر بنایا، بیل بنایا، گدھا بنایا۔ ایک انسان دوسرے کو "الو کا پٹھا" اور "گدھا" کہہ کے خوش ہوتا ہے اور وہ جو الو کا پٹھا یا گدھا کہا جاتا ہے۔ برا تو مانتا ہے مگر اس گالی کو اس قدر سخت نہیں سمجھتا جیسے اس گالی کو جس میں کسی قریبی عزیزہ کی ذلت کی جائے۔ پہاڑوں پر انسان نے انسان کو گھوڑا یا گدھا یا بیل۔۔۔ جو سمجھ لیجیے وہ۔۔۔ بنا کے اسے سواری میں جوتا ہے جو سواری یہ جتا ہوا انسان کھینچتا ہے۔ وہ رکشا کہلاتی ہے، جس طرح امیر آدمی اپنی بگھیوں کے گھوڑوں کو زرین جھول پہناتے ہیں، اسی طرح راجے مہاراجے اپنے رکشا کھینچنے والوں کو زرین وردیاں پہناتے ہیں۔ مگر کرائے کے ٹٹو کی طرح کرائے کا رکشا کھینچنے والا غلیظ اور بدبودار ہوتا ہے۔ خارشی ہوتا ہے اور بہت سی ایسی بیماریوں کا شکار ہوتا ہے جن سے ٹٹو محفوظ ہوتے ہیں۔ کرائے کے ٹٹو کو چینہ اچھا ہی مل جاتا ہے۔ کیونکہ انسان اگر جانور کا مالک ہو تو بے زبان جانور پر رحم کرتا ہے اور اگر کہیں انسان کا مالک انسان ہو تو پھر رحم کرنا اپنے آپ پر ظلم کرنا ہے کیوں کہ انسان سب جانوروں سے زیادہ دھوکے باز اور مکار ہے جبھی تو سلسلہ ارتقا کو دھوکا دے کر وہ اپنی دم صدیوں پیچھے چھوڑ آیا۔ جب ہی تو اس نے زبان اور عقل کو اپنا آلہ کار بنایا۔ اگر کہیں یہ رکشا کھینچنے والا کبھی محسوس کرنے لگے کہ میں صدیوں پیچھے اپنی دُم چھوڑ آیا ہوں، میری گدی میں عقل ہے۔ میرے منہ میں زبان ہے، میرے ہاتھ میں طاقت ہے تو پھر کیا ہو؟ اور رکشا کا مالک کانپ اٹھتا ہے۔ پھر نہ رکشا باقی رہے نہ رکشا کا مالک۔

الغرض بے دُم کے چھ جانور رکشا میں بے دُم کے تین انسانوں کو نشیب کی طرف لے کے دوڑتے ہوئے، بلندی کی طرف پوری طاقت کے ساتھ کھینچتے ہوئے، شارل ویل پہنچا آئے۔ دیودار کے درخت ابھی چھوٹے چھوٹے تھے۔ لیکن سروں پر آفتاب قیامت کی طرح نیزے بھر کے فاصلے پر نہ تھا، ابھی انسان کے حشر و نشر کا زمانہ دور تھا۔ بڈھے

بڈھے کرنل اور ان کی اپنی اور زیادہ تر دوسروں کی بیویاں کافی پی رہی تھیں اور سب کی سب ایک ساتھ باتیں کر رہی تھیں۔

آدھے گھنٹے کے بعد شیام نے بیر کا دوسرا گلاس ختم کر کے کملا سے کہا، "ڈارلنگ اگر دس منٹ اور ان بوڑھے کرنلوں کو میں بیئر پیتا دیکھتا رہا تو پاگل ہو جاؤں گا اور وہ تمہاری سہیلیاں، ڈپٹی کلکٹروں کی بیویاں، مجھے ڈپٹی کلکٹروں کی بیویوں سے سخت نفرت ہے۔"

"چلو چلیں، مال تک ایک چکر لگا آئیں۔ کیوں گریس ڈارلنگ تم ہمارے ساتھ چلو گی؟"

"ہاں بڑی خوشی سے، میں اس سے پہلے کبھی مسوری نہیں آئی۔"

"لنچ باہر کہیں کھائیں گے۔"

"ہاں کملا ڈارلنگ، مجھے شارل ویل کے کھانے سے سخت نفرت ہے۔۔۔ بیرا، "اور شیام اٹھ کے اپنی فیلٹ ہیٹ لانے اپنے کمرے میں چلا گیا۔

مسوری کے پیچھے ہمالیہ کی ایک ذرا زیادہ اونچی چوٹی پر برف کا بانکا تاج ہلکی شفاف دھوپ میں جگمگ جگمگ کر رہا تھا۔ کھڈوں میں اکے دکے دیودار، نیچے شاہبلوط کے درختوں کو حقارت سے دیکھ رہے تھے۔ ایک دوکان میں ریشمی پائتابے پندرہ روپے جوڑے تھے اور دوکان کا مالک کتھئی رنگ کے کھدر کی واسکٹ پہنے توند سہلا رہا تھا۔

"رام رام کیا لوٹ ہے۔"

چھوٹے سے پُل پر ہو کر، چھوٹے سے چوبی زینے کو اور چوبی زینے سے نیچے کتابوں، پرچوں اور لکھنے پڑھنے کی دوکان کو راستہ جاتا تھا۔ جہاں سفید فام اینگلو انڈین بڑھیا ایک راجکماری کے ہاتھ پارکر قلم اور چاندی کی پنسلیں بیچ رہی تھی اور راجکماری کی کالی ساری پر ایک ایک فٹ قطر کے روپہلے ستارے کڑھے ہوئے تھے۔

رشک اور نسوانی پسندیدگی سے کملا کی کالی رسیلی آنکھوں نے راجکماری کی طرف دیکھا، پھر مال کی دوسری دوکانوں کا جائزہ لینے لگیں۔ ایک نجومی کی دوکان پر بڑا سا ہاتھ تھا۔ قسمت، نجوم، ستارے، ہوروسکوپ، عملیات۔

"گریس ڈارلنگ، آؤ اس نجومی کو اپنا ہاتھ دکھلائیں۔"

"کملا کملا۔۔۔" اور شوہر احتجاجاً خاموش ہو گیا۔

"ڈارلنگ! میں تو ضرور اپنا ہاتھ دکھاؤں گی۔ تم نہیں آتے ہو نہ آؤ اور تم ہم لوگوں کے ساتھ ساتھ پھر کیوں رہے ہو؟ مجھے اور گریس دونوں کو کورسٹ خریدنے ہیں۔ تم اُدھر جاؤ، ہم اِدھر جاتے ہیں۔"

"میں کدھر جاؤں؟"

"میں بتاؤں؟ وہ تمہیں یاد ہے۔ اس طرح آتے ہوئے ہم نے ڈاکٹر علی کا سائن بورڈ پڑھا تھا۔ دل، ہسٹریا اور موٹاپے کا اسپیشلسٹ۔ شیام پیارے ذرا ڈاکٹر علی کے پاس ہو آؤ نا؟"

"ڈارلنگ کیا تمہارا مدعا یہ ہے کہ میرا دل کمزور ہے یا مجھے ہسٹیریا ہے، حالاں کہ تم جانتی ہو، ہسٹریا تمہیں ہے۔"

"نہیں شیام پیارے دل تو تمہارے پاس ہے ہی نہیں۔ کمزور یا بے زور کا سوال ہی نہیں پیدا ہوتا۔ ہسٹیریا مجھے سہی لیکن موٹاپا تو تمہیں ضرور ہے۔"

"گریس، کیا تمہارا خیال بھی یہی ہے کہ میں موٹا ہوں؟"

"نہیں شیام تم موٹے تو نہیں ہو۔"

"گریس، گریس، شیام کا دماغ مت خراب کرو۔ ان کا وزن ایک سو نوے پونڈ ہے تمہارے خیال میں جب تک ساڑھے تین سو پونڈ وزن نہ ہو۔ کوئی آدمی موٹا نہیں ہو سکتا۔

شیام پیارے مانو نہ مانو تمھیں اختیار ہے۔ خیر دل، ہسٹیریا، موٹاپے کا اسپیشلسٹ نہ سہی اور کہیں ہو آؤ۔ گریس تمہارے سامنے کورسٹ انتخاب کرتے ہوئے شرمائے گی، کیوں گریس؟ شیام پیارے کیملس ہمپ کا ایک چکر نہ لگا آؤ۔ اونٹ کا کوہان کمر کا گھیر کم کرنے کے لیے مفید ہے۔"

"نو تھینک یو، یہ مال، کیملس ہمپ سے کیا کم ہے؟"

"تو میونسپل پارک سہی۔ سنا ہے وہاں اسنیپ ڈریگن کے پودے چھ چھ فٹ اونچے ہیں اور پھول۔ پھولوں کی تعریف ہی نہیں ہو سکتی۔ سولانگ۔۔۔ گڈ بائی ڈارلنگ۔۔۔ ٹھیک پونے دو بجے ہیک مین میں۔ ایک میز ریزرو کرا لینا۔ ادھر کونے کے کمرے میں، جہاں سے دیودار بہت اچھے معلوم ہوتے ہیں۔ بیچ کے ہال میں ہرگز نہیں۔۔۔ سولانگ۔۔۔ ڈار۔۔۔ لنگ۔"

مسوری بھر میں یہی ایک سڑک اُسے پسند تھی۔ نیچے تپتے ہوئے دوزخ میں ڈیرہ دون کی سفید عمارتیں اور سبز درخت اور تارکول کی وہ حرافہ راجپور کے گلزار کی طرف سے آتی ہوئی اور اس کے سینے پر سینکڑوں فوجی لاریوں، بسوں، موٹروں کے ٹائروں کا مساس۔ اسی لیے تو سڑک کو مونث کہتے ہیں اور دور دور تک پہاڑ کے سلسلے پر پھیلی ہوئی کوٹھیاں۔ پگڈنڈیاں پہاڑوں پر چڑھتی ہوئی، اترتی ہوئی، درختوں کے جھنڈوں میں چھپتی ہوئی، نمودار ہوتی ہوئی۔ ہیک مین گرینڈ ہوٹل کی عمارت میں ساڑی کی وہ دوکان جہاں سے راجکماری نے فٹ فٹ بھر کے قطر کے روپہلے تاروں والی ساڑی خریدی ہوگی اور دوسری جانب چاکلیٹ، کینڈی، چوسنے کا گم۔۔۔ میٹھائی، مٹھائی۔۔۔ مٹھائی سے اُسے سخت نفرت تھی۔ جہاں ایک پگڈنڈی جزیرہ بن گئی تھی، وہاں لاریاں ہی لاریاں اور موٹریں۔ کسی مہاراجہ کی رولس رائس اور اس کی اپنی ٹوسیٹر۔ اس نے لکی اسٹرائک آہستہ

آہستہ سلگایا اور جنگلے کا سہارا لے کر کھڑا ہو گیا۔

میلے کچیلے بدبودار رکشا قلی کچھ دور پر بیٹھے گانجہ، چرس یا اسی قسم کی کوئی نشہ آور چیز پی رہے تھے۔ جنگلے کے پاس کچھ فاصلے پر چھ سات امریکن سپاہی، آپس میں ہنسی مذاق کی باتیں کر رہے تھے۔ سب کے سب یہودی تھے۔ سب کی ناکیں لانبی اور بال بالکل کالے تھے۔ "شلومیل" ان میں سے ایک لمبی ناک والے نے دوسرے لمبی ناک والے سے کہا۔ نیچے تارکول کا لانبا سانپ بل کھاتا ہوا، پیچ در پیچ، خم بہ خم۔ مسوری کی کالی زلف، جو چار ہزار فیٹ نیچے اترتی چلی گئی اور اس پر بند چھت کی ایک کالی موٹر جوں کی طرح رینگتی ہوئی۔ ادھر اس کے سامنے سے دو خوش پوش سکھ اور ان کے درمیان گلابی سوٹ پہنے ایک بڑی خوبصورت عورت گزری۔ "کتابیں؟ کیڑی کتابیں؟" لدھیانے کے لہجے میں اور لاہور کے لہجے میں ذرا فرق ہے۔ کملا کے ساتھ دن رات رہ کے اس نے اس فرق کا اندازہ لگایا تھا۔ پہاڑی راستے کے پیچ و خم کے قریب کسی عمارت کی سبز زردیں چھت روشنی میں جگمگائی اور دور بہت نیچے ڈیرہ دون کے دوزخ کو ابر کے ایک ٹکڑے نے تھوڑی دیر کے لیے سائے میں لے لیا۔ ادھر دور پہاڑی دھند، بہت ہلکی سی دھند ایک موہوم سے جسم کے جانور کی طرح اوپر اٹھی، ایک انگڑائی لی اور اوپر کی طرف غائب ہو گئی۔ ایک ادھیڑ انگریز عورت کے ساتھ ایک ہندوستانی نوجوان ہاتھ میں ہاتھ دیے گزرا۔ لیڈی ارون کالج کی تین خوبصورت چڑیلیں قدم سے قدم، شلوار سے شلوار ملائے، ادھر دیکھ کے ہنسیں اور بیچ والی نے فقرہ چست کر ہی دیا۔ "اس کی ماں معلوم ہوتی ہے۔" شیام نے لکی اسٹرائک کا ایک ہلکا سا کش لے کے آنکھ ماری اور بیچ والی خوبصورت چڑیل ہونٹ بھینچ کے اپنی ساتھیوں سے کچھ بولی، پھر تینوں کچھ بولیں پھر تینوں کی چھ چمکدار آنکھوں نے شیام کی طرف دیکھا۔ تین خوبصورت ہونٹوں کے جوڑے کھی کھی کھی ہنسے اور لیڈی

اروں کالج کی شریر خوبصورت چڑیلیں سامنے کی پگڈنڈی پر چڑھنے لگیں۔ شیام نے آہستہ سے ہاتھ ہلایا لیکن قدم سے قدم، شلوار سے شلوار ملاتے تینوں پریاں اوپر چڑھتی ہی چلی گئیں، جہاں مکان کی، شیشے کی کھڑکیاں آدھی کھلی ہوئی تھیں۔ پھر کلکتہ یونیورسٹی کے ایک پروفیسر صاحب اپنی ایک پارسن شاگرد کے ساتھ گزرے جو کہہ رہی تھی، "بال ترشوانے کے اور بہت سے فائدے ہیں۔ پروفیسر آپ کو آرمی ہیر کٹ کی ضرورت ہے۔ آخر آپ چھ چھ ماہ تک بال کیوں نہیں ترشواتے۔ کیا محض اس لیے کہ جو فوج ہندوستان پر قبضہ کیے ہوئے ہے۔ وہ پابندی سے ہر آٹھویں روز بال ترشواتی ہے اور آپ اس کو بدیسی طریقہ سمجھتے ہیں؟" پروفیسر صاحب جواب جنگلے کے قریب کھڑے نیچے کا منظر دیکھ رہے تھے، ہنسے۔ کھدر کی قمیص کی جیب سے پان نکال کے کھایا، اونی شال جو وہ اوڑھے ہوئے تھے، اسے پھر سے اوڑھا۔

اپنی پارسن شاگرد کے گال پر ہلکی سی چٹکی لی۔ "ٹھہر میں تیرے باپ سے شکایت کروں گا کہ مہرو اب مجھے بنانے لگی ہے۔" مہرو اپنے وینٹی کیس سے پاؤڈر بکس نکال کے اپنی صورت پر غازے اور سرخی کے تناسب کا اندازہ لگا رہی تھی۔ "پروفیسر کم سے کم کھانے سے پہلے اپنے بال تو ٹھیک کر لیجیے۔ یہ لیجیے آئینہ۔" پاؤڈر بکس کے آئینے میں اپنی صورت دیکھ کے پروفیسر نے اپنے ہاتھ سے اپنے بال تو ٹھیک کیے اور پاؤڈر کیس کو اس بے احتیاطی سے بند کیا کہ ہلکا گلابی رنگ کا پاؤڈر فضا میں اور مہرو کی پارسی وضع کی ہلکی نارنجی ساڑھی پر بکھر گیا۔ "اوہ پروفیسر۔" اس نے ذرا احتجاج اور شوخی سے کہا اور پروفیسر کے ساتھ سیوائے کی طرف چلی گئی۔ اسی اثنا میں ایک رکشا پر چودہ پندرہ برس کی ایک نوجوان لڑکی ڈھیلے پاپنچوں کا پاجامہ پہنے، ڈھلکی ہوئی اوڑھنی کمر پر ڈالے، نیم دراز، ہر کس وناکس، ہر نوجوان سے آنکھیں ملاتی اور مسکراتی رکشا میں بہتی ہوئی چلی گئی۔ تب شیام نے

گننا شروع کیا۔۔۔ اینگلو انڈین عورتیں زیادہ اور ہندوستانی کم۔ مگر یہ عورت رام رام بنارس کا ہندو حسن۔ بھگوان نے اسے مٹی سے نہیں مکھن سے بنایا ہے۔ مکھن کا جیسا رنگ، اجنتا کی دیویوں کی جیسی آنکھیں، بھاری بنارسی ساڑھی۔ "بھابی جی، آپ نے وجے لکشمی کا وہ نیا بیان پڑھا؟" پھر تین اینگلو انڈین لڑکیاں، پھر ایک شلوار۔ پھر تین سکھ اور دو سکھنیاں پھر یہ مدراسن نوگز کی سوتی ساڑی، چمپئی، رنگ زیادہ تر صورتیں واہیات، اس نے بجھتے ہوئے سگریٹ سے دوسرا لکی اسٹرائک سلگایا۔ کبھی کبھی ایک آدھ صورت لبوں پر سرخی اور رخساروں پر غازہ لگائے بغیر بڑی سانولی سلونی معلوم ہوتی اور نیچے کے تپتے ہوئے میدانوں کی پری کی طرح ساڑی میں لپٹی آہستہ آہستہ موڑ پر نظر سے غائب ہو جاتی۔ نیچے پہاڑی راستے اُترتے چڑھتے، بل کھاتے، خم کھاتے، آس پاس کی پہاڑیوں کے سینکڑوں خوبصورت بنگلوں کی طرف غائب ہو جاتے۔ ایک بھاری بھر کم میم صاحب ایک نجومی سے کہہ رہی تھیں، "اچا باٹ ہے ہم تمہارے گھر پر آنے مانگتا۔ ہم انام دے گا۔" اور شیام نے گھڑی کی طرف دیکھا۔ اب کملا کو آنا چاہیے۔ میم صاب۔ کراچی مچاچا۔ لندن میں ۱۰۶۶ء وغیرہ وغیرہ۔ پھر سکھ ہی سکھ آئے۔ طرح طرح کے خوش پوش سکھ، کچھ جو نیلے فلالین کے پتلون اور بڑے اچھے سلے ہوئے کوٹ پہنے تھے اور ان کے ساتھ بڑی فیشن ایبل وضع کی شلواریں پہنے ہوئے سکھ عورتیں۔ شیام نے لکی اسٹرائک کا ایک اور کش لیا۔ دو خوبصورت سے چہرے ہلکے سنہرے بال، گلابی رخسار۔ پھر نیلے یونیفارم پہنے چھوٹی چھوٹی انگریز لڑکیاں ادھر سے گزریں۔ پھر دو میم گزریں، جن میں سے ایک کے جوزئی رنگ کے بال آنکھوں میں کھب گئے۔ کمخواب کی شیروانی پہنے۔ سر پر اسی کپڑے کی ٹوپی اوڑھے حنائی داڑھی سے چہرہ منور کیے ہوئے ایک صاحب جو غالباً رام پور کے رہنے والے ہوں گے، قریب سے گزرے۔ اب آفتاب کی چمک ذرا تیز ہو گئی۔ ایک

قبول صورت بھولی بھالی سانولی سی لڑکی ایک نوجوان کے ساتھ خاموش چلی جارہی تھی۔ مولانا نے اس کی طرف غور سے دیکھا۔ ایک اینگلو انڈین شیام کے بالکل قریب سے ہو کر گزری اور آنکھ لڑا کے مسکرائی۔ شیام نے پھر لکی اسٹرائک کا ایک کش لگایا، مسکرایا۔ ہنسی تو پھنسی۔ ایک چھوٹی موٹی خاتون جو لکھنؤ کے ایک مشہور خاندان سے تعلق رکھتی تھیں۔ کوئی تیس سال کی عمر ہوگی۔ سفید ساڑی پہنے، کمر لچکاتی، بالکل میدے کی لوئی جیسی صورت قریب سے گزریں اور اگر شیام کو سگریٹ کے دھوئیں میں دھوکا نہیں دیا تو انھوں نے بھی یقیناً آنکھ لڑائی۔ جنگلے کے پاس ایک لمحے کے لیے ٹھہر کے نیچے سڑک کے پیچ و خم کا ملاحظہ فرمارہی تھیں کہ اتنے میں ایک مانوس آواز نے شیام کی گھورتی ہوئی آنکھ اور مسکرانے کی کوشش کرتے ہوئے ہونٹوں کو جھنجھوڑ کے بیدار کر دیا۔

"یقیناً مسٹر شیام سندر کول آپ مجھے پہچانتے ہی ہوں گے۔ میرا نام کملا کماری کول ہے اور اب سے ڈیڑھ سال پہلے، آپ کو یاد ہوگا میری آپ کی شادی ہوئی تھی۔ اس وقت مجھے سخت بھوک لگی ہے۔"

لکھنؤ کی خاتون نے یہ دیکھ کر کہ مدعیہ کا دعویٰ زوردار ہے، فرار کی ٹھانی اور پان چباتی ہوئی بائیں جانب سوائے کی طرف چل دیں۔

گریس نے کہا، "میں اس قدر تھک گئی ہوں کہ اب گرنے ہی والی ہوں۔"

ہیک مین میں دستر خوان ذرا سا میلا تھا۔ رکابیاں بھی میلی ہی تھیں۔ بیرے کام میں ذرا سست تھے۔ گورے بہت زیادہ تھے۔ باقی ہر چیز بہت اچھی تھی۔ کھانا مزے کا تھا۔ ملی گی ٹانی سوپ۔ کولڈ میٹ اور اس کے ساتھ بے مثل سیلڈ جس میں پیاز کے ٹکڑے بھی شامل تھے۔

"سیلڈ تو بالکل آسمانی ہے۔" گریس نے مزے لے لے کر کہا اور آخر میں اسٹرا

بیری اور کریم۔ لیکن سب سے زیادہ دلچسپ جو چیز تھی وہ قریب کے میز پر ایک عورت تھی جو بالکل کارمین میرانڈا کی نقل معلوم ہوتی تھی۔ اس میز کے "باسی" کسی عجیب وغریب زبان میں باتیں کر رہے تھے۔

"بیرے بیرے۔" کملا نے آواز دی۔

"کیوں، کیا ہے؟"

"شیام تم تو بیرے نہیں ہو نا؟"

"نہیں مگر کیا کام ہے؟"

"میں یہ پوچھوں گی کہ یہ لوگ کون ہیں؟ کیوں بیرے یہ کون لوگ ہیں؟"

"جی یہ ہمارے ملازم ہیں۔"

"تمہارے ملازم ہیں؟" بیرا کشتی اٹھائے اٹھائے ہنسا۔ "جی ہجور میرا یہ مطبل نہیں کہ میرے ملازم ہیں۔ ہجور یہ ہمارے ہوٹل کے ملازم ہیں۔ یہ عورت ڈانش کبریٹ کا کام کرتی ہے۔"

"اچھا، اچھا۔ جاؤ، کافی لاؤ۔" شیام نے کہا۔

گریس بولی، "یہ عورت غالباً پول ہے؟"

"رومانی زبان فرانسیسی سے ملتی جلتی ہے۔" اور اسی درمیان میں ایک آدمی نے جو بھورے کورڈورائے کا پتلون اور سفید پولو شرٹ پہنے تھا، اس کے شانوں پر ہاتھ گڑا دیے کوئی مذاق کی بات کہہ رہا تھا اور وہ عورت اپنے کولہے مٹکا رہی تھی اور قینچی کی طرح برابر زبان چلائے جا رہی تھی۔

کافی کا چمچہ نیچے گرا اور کملا اسے اٹھانے کے لیے جھکی۔ شیام اور گریس دونوں ابھی

تک رومانوی عورت کی طرف ٹکٹکی باندھے دیکھ رہے تھے جو کولہے مٹکاتی جاتی تھی اور قینچی کی طرح زبان چلائے جارہی تھی اور چمچہ اٹھاتے میں کملا نے دیکھا گریس اور شیام دونوں کے پیر اس رقص کے سر پر تھرک رہے ہیں جس کو ہال میں ہوٹل کا آرکسٹرا بجا رہا تھا۔ لیکن تھرک اس طرح رہے ہیں کہ بار بار دونوں کے جوتے ایک دوسرے سے لپٹ لپٹ جاتے ہیں اور جوتے کبھی کبھی ٹخنوں سے بھی لڑ جاتے ہیں مگر رقص کی تھرک جاری ہے۔ جلدی سے وہ سیدھی بیٹھ گئی اور ایک گہری شک کی نظر سے اس نے اپنے شوہر اور اپنی سہیلی کی طرف دیکھا۔ پھر کھڑکی سے باہر اس کی نظر دیوداروں پر پڑی۔ جن کے گہرے سبز حسن نے اس کی آنکھوں کو موہ لیا۔ باہر دھوپ بھی بڑی آب و تاب، بڑی خوبصورتی سے چمک رہی تھی اور ہوا میں جھاڑیوں اور بیلوں کی ٹہنیاں آہستہ آہستہ رقص کر رہی تھیں۔ ہوا کے آرکسٹرا کا سر زیادہ معلوم تھا۔ اس میں ٹہنیاں ٹہنیوں سے مل جاتی تھیں۔ کبھی کبھی پھنس جاتی تھیں۔ مگر ٹخنوں اور جوتوں کے میل کی طرح ان میں کسی طرح کا تصنع نہیں تھا۔ کسی میز کے دستر خوان کے نیچے پناہ لینے کی ضرورت نہیں تھی اور کملا نے اپنے دل میں درد کی ایک عجیب کسک محسوس کی۔ کالی رسیلی آنکھیں شیام کے چہرے پر جم گئیں اور ان میں پانی چھلکنے لگا۔

"کیا ہوٹل کو واپس چلو گی؟"

کملا نے کوئی جواب نہیں دیا۔ وینٹی کیس آڑے آیا۔ پاؤڈر پف نے گالوں پر غازہ لگاتے لگاتے ان آنسوؤں کو بھی اچک لیا جو گرنے ہی والے تھے۔

شیام نے چند سیکنڈ کے بعد کہا، "اکسلسیر میں اچھا فلم ہے۔ شوٹنگ سائرن مٹینی میں چلتی ہو؟"

"میں نے ارمیلا اور پریش سے ملنے کا وعدہ کیا تھا۔ میں ان سے ملنے جاتی ہوں

تمہاری خوشی ہوٹل جاتے ہو، ہوٹل جاؤ۔ سنیما جاتے ہو، سنیما جاؤ۔"

گریس بولی، "کملا ڈارلنگ، اپنی سہیلی سے پھر مل لینا۔ سنیما چلو، فلم بہت اچھا ہے۔"

"تو تم دونوں سنیما جاؤ۔ میں تو ارمیلا سے ملنے جاؤں گی۔ تین سال سے میں نے ارمیلا کو نہیں دیکھا۔"

شیام نے کہا۔ "کملا پیاری۔" اور اس نے اپنی بیوی کی آنکھوں میں چھلکتے ہوئے آنسو نہیں دیکھے۔

کملا نے گھڑی دیکھی اور جھوٹی ہنسی ہنسنے لگی۔ آنسو بلا چھلک کے گرے ہوئے محض قوت ارادی سے کہیں غائب ہو گئے۔

اور ارمیلا کے پاس بھی کسی طرح اُس کا جی نہیں لگا۔ ارمیلا اور پریش نے چائے کے لیے اسے روکنے کی بہت کوشش کی لیکن اس نے یہی بہانہ کیا کہ شیام سے میں نے سنیما کے بعد ملنے اور ساتھ چائے پینے کا وعدہ کیا ہے۔

اکسلسیر میں میٹنی ختم ہونے میں ابھی گھنٹہ بھر کی دیر باقی تھی۔ کھوج، جلن، کھوج، جلن، "بابو جی ٹکٹ مل سکیں گے۔"

"جی، مگر فلم تو آدھے سے زیادہ دکھایا جا چکا ہے۔ خیر اگر آپ دیکھنا ہی چاہتی ہیں تو ذرا ٹھہریے۔ ہاں سنیے، بالکونی، صرف بالکونی میں ایک دو جگہیں خالی ہیں۔ یہ لیجیے، جی تین روپے بارہ آنے۔"

اندھیرا ہی اندھیرا۔ شاید دماغ میں اندھیرا تھا۔ آنکھوں میں دھند بھری تھی اور دماغ کی ایک رگ زور زور سے دھڑک رہی تھی، اس نے پھر آنسو پونچھے۔ فلم، اب صاف نظر آ رہا تھا اور وہ فلم دیکھنے میں محو ہو گئی اور پھر وہ سلسلہ خیالی میں کھو گئی۔ اب سے

چار برس پہلے جب وہ ولسن کالج بمبئی میں ایم اے میں پڑھتی تھی۔ بس گرانٹ روڈ پر رکی تھی اور ایک ریلا اسے بس کے اندر بہالے گیا جہاں اتنی بھیڑ تھی کہ کھڑے ہونے کی بھی جگہ نہ تھی۔ گندی سڑی ہوئی سانسوں میں اسے عجیب کراہت معلوم ہوئی۔ اتنے میں سامنے سے ایک نوجوان نے ہٹ کے اس کے لیے جگہ بنادی۔ "آپ آرام سے کھڑی ہو جایئے۔" نوجوان اپنے دونوں ہاتھوں سے آہنی ریلنگ پکڑ کے کھڑا ہو گیا اور وہ خود بے جان سی ہو کے اس کے سہارے کھڑی ہو گئی اور پھر جو بس آگے بڑھی تو اس نے محسوس کیا کہ نوجوان کا جسم اس کے جسم سے چمٹا ہوا ہے۔ اس کے کالے لہراتے ہوئے بال نوجوان کے کندھوں پر چھائے ہوئے ہیں۔ اس کی پشت، کولہے، پیر سب اس کے جسم کے سہارے قائم ہیں اور اس نے ایک برقی رو اور ایک آگ سی محسوس کی جس میں وہ پگھلنے لگی۔ آگے جہاں بس ٹھہری وہاں بہت سے لوگ اتر گئے۔ کئی نشستیں خالی ہوئیں۔ وہ خود جھپٹ کے ایک ایسی نشست پر بیٹھ گئی جہاں پہلے ہلکے بھورے رنگ کے بالوں والی ایک اینگلو انڈین لڑکی بیٹھی تھی۔ وہ نوجوان جس کے جسم کے لمس نے اس کے سارے بدن میں آگ لگادی تھی کسی دوسری نشست پر بیٹھ گیا اور اسے گھورتا رہا۔ محض اس کی نگاہوں سے بچنے کے لیے کملا نے اپنے بازو میں بیٹھی ہوئی اینگلو انڈین لڑکی سے پوچھا، "میں نے غالباً آپ کو کہیں دیکھا ہے؟" اینگلو انڈین لڑکی نے اس کی طرف دیکھا، "میں، آف کورس، میں ولسن کالج میں فورتھ ایر میں ہوں اور آپ شاید ایم اے میں۔" اور اس کے بعد دونوں گھل مل کے باتیں کرنے لگیں۔ یہاں تک کہ چونی روڈ پر جب نوجوان اتر کے چلا گیا تو کملا کو معلوم بھی نہیں ہوا۔ یہ اینگلو انڈین لڑکی گریس تھی۔

اور اب اندھیرے میں اسے گریس صاف نظر آئی، نیچے ڈریس سرکل میں۔ اس کے شانوں کے گرد کسی کا ہاتھ تھا، شیام کا ہاتھ۔ وہی ہاتھ جو اس کے، کملا کے، جسم کے ہر

نشیب و فراز، اس کی جلد کے ہر راز، ہر خال، ہر مسے، ہر نشان سے واقف تھا اور اس کی آنکھیں سنیما کے پردے سے ہٹ کر ادھر جم گئیں۔ گریس کے بھورے بال، سر کی جنبش کے ساتھ اور اس جلن کے باوجود کملا کو ماننا پڑا کہ گریس کے سر کی جنبش بڑی خوبصورت ہے، شیام کے سیاہ چکنے بالوں سے مس کرتی۔ سیاہ چکنے بال، جس میں خود اس کی اپنی، کملا کی اپنی انگلیاں بار بار کنگھی کر چکی تھیں۔ پھر اس نے شیام کے ہونٹوں کو گریس کے رخسار کا ہلکا سا اچٹتا ہوا بوسہ لیتے دیکھا اور اس کا دل کسی اتھاہ سمندر کی تہہ کی طرف ڈوبنے لگا، ڈوبنے لگا۔

اب سے دو سال پہلے دلی جم خانہ میں شیام سے برج ٹیبل پر پہلی ملاقات ہوئی تھی اور شیام بھی تھوڑے ہی دن ہوئے گورنمنٹ آف انڈیا کے اس محکمے میں انڈر سکریٹری مقرر ہوا تھا۔ روشن آرا میں ناچ اور ناچتے میں مدت کے بعد پھر وہی برقی رو، اسی آگ کا احساس جو بس میں اس اجنبی نوجوان کے جسم کے لمس سے پیدا ہوئی تھی۔ پھر میر درد روڈ پر خود اس کے پتا کے مکان کی ٹی پارٹیاں۔ ڈے وی کو میں ٹھنڈے برف کے شربت اور موسیقی اور پھر چھ مہینے کے اندر بیاہ۔

اتنے میں کملا نے محسوس کیا کہ بازو کی نشست پر جو شخص بیٹھا ہے، وہ اس کا ہاتھ اس کے اپنے ہاتھ سے مس کر رہا ہے۔ اس نے دائیں طرف ذرا کنکھیوں سے دیکھا۔ یہ ایک سردار جی تھے۔ نیلی فلالین کا قمیص، امریکن وضع کا اسپورٹ جیکٹ، بڑی ہی اسٹریم لائنڈ داڑھی اور دل کی ایک فوری بغاوت کے ساتھ جو ایک لمحہ اندر بھڑک کے غدر بن گئی۔ کملا اسی طرح بیٹھی رہی اور اس نے اپنا ہاتھ نہیں ہٹایا۔

اینگلز، اینگلز، اینگلز دو کالج کے زمانے کی اشتراکیت کے دن بھی کیا عجیب و غریب

دن تھے اور اس دن مالتی سے جو لڑائی ہوئی تھی۔ مالتی اینگلز کا بار بار حوالہ دیتی تھی کہ ہر سوسائٹی میں جہاں عورتیں دبائی گئی ہیں، انھوں نے انتقام کا ذریعہ ڈھونڈ ہی نکالا ہے۔ اب سردار جی کا شانہ اس کے شانے سے مس کر رہا تھا اور پورا بازو اس کے بازو سے۔ اس نے پھر بھی ہاتھ نہیں ہٹایا۔ انتقام کا ذریعہ ڈھونڈ نکالا ہے۔ اسی اثنا میں نیچے ڈریس سرکل میں پھر شیام نے گریس کے رخسار کا اچٹتا ہوا بوسہ لیا اور کملا کا دل ڈوبنے لگا۔ اتھاہ سمندر کی گہرائیوں کی طرف وہ ہندوستانی جو اپنی عورتوں کو مکان کے پچھلے حصے میں بند رکھتے ہیں، وہ بھی انتقام کا کوئی نہ کوئی ذریعہ ڈھونڈھ ہی نکالتی ہوں گی۔ لاہور میں اس کا بھائی اکثر کہا کرتا تھا، "گھونگھٹ میں لہر بہرہ برکے میں سارا شہر۔" یہ برقعہ۔ یہ کپڑے کا بھی ہوتا ہے اور خیالات اور فرائض اور ہندوستانی بیوی کے دھرم کا بھی بنا ہوا ہوتا ہے۔ اب سردار جی کے ہاتھ نے اس کے ہاتھ کو اپنی گرفت میں لے لیا اور پھر اس نے وہی برقی رو محسوس کی جو اب سے چار سال پہلے بس میں اسی اجنبی نوجوان کے جسم کے لمس۔۔۔ لیکن اس نے اپنا ہاتھ نہیں چھڑایا۔ اینگلز۔ اینگلز۔ اینگلز۔ مگر الف لیلہ میں بھی تو اس قسم کے بہت سے قصے ہیں اور برقی رو بھڑک کے آگ کا شعلہ بن گئی۔ سردار جی کی کرخت انگلیاں اس کے سینے کے سخت جوان جوبن سے کھیلنے لگیں اور وہ کانپ گئی۔ اینگلز۔۔۔ اتنے میں سدھے رخسار پر بے شمار بال چبھے۔ اس کی ناک نے بدبودار سانس کے ایک جھونکے کو محسوس کیا اور اس کے رخسار نے سردار جی کے بوسے کو اور برقی رو یکلخت رک گئی۔ بھڑکی ہوئی آگ اس ایک جھونکے سے فرو ہو گئی۔ اب ہر طرف اندھیرا ہی اندھیرا تھا۔ اس اندھیرے میں شیام کے سوا کوئی نہ تھا۔ صرف شیام ہی شیام تھا۔ لیکن شیام کا بازو تو ابھی تک نیچے ڈریس سرکل میں گریس کے شانوں کے گرد حمائل تھا۔

وہ دفعتاً اٹھ کھڑی ہوئی اور ہانپتی ہوئی ہال سے باہر نکل آئی۔ بالکونی کے دوسرے تماشائی جو سردار جی کا تماشہ کنکھیوں سے دیکھتے رہے ہوں گے، اسے غور سے دیکھ کے سنیما کے پردے کی طرف پھر متوجہ ہو گئے۔ جہاں آخری ناچ ہو رہا تھا اور سینکڑوں لڑکیوں کا کورس پیر پٹک رہا تھا۔

سردار جی بھی پیچھے ہی پیچھے باہر نکل آئے۔ مگر یہ دیکھ کر ذرا چکرائے کہ وہ عورت جس نے انھیں اتنی آزادی برتنے دی، زینے کے قریب زار و قطار رو رہی ہے۔ انھیں آتے دیکھ کر وہ جلدی جلدی سیڑھیاں اتر کے ہیک مین کے احاطے میں غائب ہو گئی اور سردار جی وہیں کھڑے کے کھڑے رہ گئے۔

پانچ دس منٹ بعد وہ پھر آئی۔ سردار جی کی طرف اس نے نظر اٹھا کے بھی نہ دیکھا، سنیما کے باہر برآمدے میں شیام اور گریس کھڑے انتظار کر رہے تھے۔ اس کے چہرے پر تازگی تھی اور اس کی آنکھیں چمک رہی تھیں۔ اس کے ہونٹوں پر بے ساختہ اور بڑا ہی دلکش تبسم تھا، "شیام ڈارلنگ فلم کیسا تھا؟ گریس ڈارلنگ معاف کرنا تمھیں انتظار کرنا پڑا مگر ارمیلا نے کسی طرح اٹھنے ہی نہیں دیا۔ چلو اب پونے چھ ہیں۔ وہیں شارل ویل میں چائے پیئں گے۔ رکشا، رکشا۔"

اور سردار جی جو ہکا بکا یہ سب تماشا دیکھ رہے تھے، کھڑے دیکھتے رہے۔ شیام اور گریس کو انھوں نے بھی ڈریس سرکل میں دیکھا تھا۔ "گریس ڈارلنگ، پہلے تم۔ میں بیچ میں بیٹھوں گی۔ مجھے ذرا زکام معلوم ہو رہا ہے اور اس کے سوا میری طبیعت چاہ رہی ہے کہ ذرا اپنے پتی کے پاس بیٹھوں۔ کیوں شیام یہاں مسوری میں تو اتنی گرمی نہیں۔"

چھ جانور رکشا میں تین انسانوں کو لے چلے اور شیام نے کملا کی طرف دیکھا۔ کالی

آنکھوں کے تیروں میں ملامت کا ایسا زہر تھا کہ شیام کی نظریں گویا یہ کہہ کر جھک گئیں، "دیوی مجھے شما کرو۔" اور اس کے ہاتھ نے بے اختیار کملا کے ہاتھ کو اپنی گرفت میں لے لیا۔

"شیام ڈارلنگ، تم نے اینگلز کی سب کتابیں پڑھی ہیں؟"

چھ جانور رکشا کو کھینچ رہے تھے۔

***

زر خرید

میجر رشید کا گول منگول چہرہ مسکرایا۔ سانولے موٹے ہونٹوں سے بڑے بڑے مگر ہموار دانت نمودار ہوئے۔ دونوں گالوں میں گڑھے پڑ گئے۔ اس نے اپنے بش شرٹ کے کپڑے کا بلٹ ڈھیلا کیا اور اپنے بچپن کے دوست امجد حسین پر اپنی چوٹ کا اثر دیکھنے لگا۔ دوسرے لمحے مسکراہٹ کی جگہ ایک اس قسم کی نیم سنجیدگی نے لے لی۔ جس میں مذاق اور شباب کی حسن سنجی برابر کی شریک ہوتی ہے۔

"امجد یار تم اس مرتبہ بمبئی آئے نہیں۔ وہاں ایک لڑکی تھی شیریں۔۔۔"

امجد نے اس کی طرف بات کاٹنے کے لیے دیکھا۔ امجد حسین جس کے لیے زندگی میں محض دو قدریں تھیں، کتابیں اور عورتیں۔ ایک شوق نے اس کی بصارت کم کر دی تھی اور دوسرے شوق نے بصیرت اور اکثر دونوں کی حد تک اس کی مطالعے کی سطحیت چھپائے نہ چھپتی۔ بات کاٹ کے اس نے کہا، "کون شیریں۔ وہی پارسی لڑکی جو قلابے کے بس ٹرمینس کے پاس رہتی ہے۔"

"نہیں یار وہ نہیں، یہ مسلمان ہے۔ شیریں نیاز بھائی۔ کیا بتاؤں یار کیا لڑکی ہے۔ میری شادی نہیں ہوئی ہوتی تو میں اس سے شادی کر لیتا۔ کیا جسم، کیا آنکھیں۔ اس کا رنگ، انداز۔۔۔" اور میجر کے چہرے پر کچھ وہ کیفیت نمودار ہوئی جو کسی مشاعرے میں کسی صاحب دل پر کوئی چبھتا ہوا شعر سن کر طاری ہوتی ہے۔

"تم اس سے ملے کہاں؟"

"ریس کورس پر، پھر نذیر کے ساتھ۔ وہ نذیر کی بڑی دوست ہے۔"

"یار نذیر کی دوست تو وہ پارسی لڑکی ہے۔ وہی شیریں جو قلابے میں۔۔۔"

"نہیں امجد میں اس پارسی لڑکی کو بھی جانتا ہوں۔ وہی نا جس کی ذرا ذرا سی مونچھیں بھی ہیں۔ مگر نہیں یار وہ تو سانولی ہے۔ ڈھل بھی چکی ہے، کوئی پینتیس سال کی ہو گی۔ وہ نہیں جی۔ یہ شیریں تو اور ہی چیز ہے۔ یار بمبئی میں اس سیزن میں اس سے اچھی لڑکی تو میں نے نہیں دیکھی۔ اگر میری شادی نہیں ہوئی ہوتی تو میں اس سے ضرور شادی کر لیتا۔"

امجد نے میجر رشید کو آہستہ آہستہ خیالات میں کھوتے دیکھا۔ اس کا چہرہ بحر الکاہل کے کسی نامعلوم حصے میں ناممکن جہاز کی طرح نظروں سے اوجھل ہو چکا تھا اور میجر رشید اس وقت دراصل اپنی ساری موجودہ زندگی پر لعنت بھیج رہا تھا۔ اس کی بیوی نزہت بی بی، واہ کیا نام ہے۔ صورت شادی کے وقت اچھی خاصی تھی۔ مگر کہاں وہ اور کہاں شیریں۔ میکس فیکٹر کا اعجاز سہی۔ مگر خدا میکس فیکٹر کو زندہ رکھے اور اب تو نزہت بی بی کی واحد مصروفیت اس کی اپنی ماں سے بارہ گھنٹے کی لڑائی تھی اور پھر اس کی اپنی بے بی آسٹن۔ خدا کی لعنت اس بے بی آسٹن پر۔ معلوم ہوتا ہے صندوق میں بیٹھے چلے جا رہے ہیں۔ کسی دن تو فورڈ دی ایٹ یا شورلٹ کا خواب پورا ہو گا۔ واہ کیا قسمت ہے۔ نہ شیریں جیسی خوبصورت۔ میکس فیکٹر، خوبصورت بیوی ملی نہ خوبصورت موٹر۔ یار و ساری زندگی بے بی آسٹن ہی میں گزر گئی۔ تاج محل، ممتاز محل کو دور ہی سے دیکھتے رہ گئے۔

میجر نذیر کے ساتھ امجد حسین نپین سی روڈ پٹیٹ ہال کے قریب کھڑا بس کا انتظار کر رہا تھا۔ پندرہ منٹ گذرے، آدھا گھنٹہ ہوا اور میجر نذیر نے پینتالیسویں مرتبہ اپنے پتلون کی کریز ٹھیک کی۔ حیدر آباد میں یونیفارم کی پابندی تھی۔ پوپ اور بریڈلے اور آسٹن انڈ

آف ریجنٹ سٹریٹ کے سلے ہوئے تمام گرم سوٹوں میں کیڑ لگی جا رہی تھی۔ لیڈی فرامرزا سے ٹیلرز ماڈل یا مانی کون کہتی ہے کہتی رہے۔ مگر میجر نذیر کو در حقیقت کپڑوں کا شوق تھا۔ نیا مکان بنوا چکنے کے بعد ذرا تنگ دستی کے عالم میں اس نے کچھ عرصے کے لیے اپنے شوفر کو بر طرف کر دیا تھا۔ لیکن کپڑے پہنانے والے نوکر کو نہیں۔ میجر نذیر کے سر کے سیاہ بال برل کریم سے ہمیشہ چمکتے رہتے۔ چھوٹی چھوٹی مونچھیں دونوں طرف بڑی فیشن ایبل ٹیڑھی سی تراش کے ساتھ کٹی ہوئی تھیں۔ جوتے کا تلا اور ایڑی ذرا اونچی تھی تا کہ قد اونچا معلوم ہو۔ پستہ ہونا معاشرہ میں اچھا نہیں معلوم ہوتا تھا۔

"یہ بی ون لائن کی بسیں بمبئ بھر میں سب سے زیادہ بے قاعدہ ہیں۔" اس نے امجد حسین سے مخاطب ہو کے کہنا شروع کیا اور پھر دفعتاً ایک سنہری بالوں والی اجنبی لڑکی سے خطاب کر کے اس نے جملہ پورا کیا، "کبھی کبھی تو ایک ایک گھنٹہ انتظار کے بعد بھی بس نہیں ملتی اور کبھی یکے بعد دیگرے بسوں کی قطار لگ جاتی ہے۔"

سنہری بالوں والی لڑکی مسکرائی مگر کوئی جواب نہیں دیا اور سڑک کی دوسری جانب دیکھنے لگی۔

"یہ کون ہے؟" کتابوں اور عورتوں کے دلدادہ امجد حسین نے اردو میں آہستہ سے سوال کیا۔

"یہ؟" میجر نذیر نے مسکرا کے آتی ہوئی بس کی طرف دیکھا۔ "خیر اتنی دیر کی زحمت کے بعد۔ معاف کرنا۔ یہ لڑکی؟ میں خود نہیں جانتا۔ اسے کہیں دیکھا ضرور ہے، غالباً فرانسیسی قنصل خانے میں۔ وہاں شاید ٹائپسٹ ہو گی اور کیا جی۔"

اتنے میں بس آ ہی گئی۔ امجد کا قاعدہ تھا کہ بس میں وہ ہمیشہ کسی لڑکی کے بازو میں بیٹھنے کی کوشش کیا کرتا۔ اکثر وہ ہارکس روڈ سے فلورا فونٹین، فلورا فونٹین سے سی لائن پر

میرین ڈرائیور محض اسی لیے چکر لگایا کرتا تھا کہ کسی اچھی سی لڑکی کا ساتھ ہو جائے۔ اس وقت بات چیت کرنے کی کوشش کی جائے۔ مگر اس مرتبہ میجر نذیر کی رعایت نزہت بی بی۔ واہ کریمٹ پر قیام کیا جس پر نذیر پہلے سے بیٹھ چکا تھا اور کھڑکی سے باہر کی گجراتی ساڑیوں کی بہار دیکھتا رہا۔

اس کے تین چار دن بعد کا ذکر ہے۔ جہاج محل (دراصل جہاز محل۔ لیکن یہ سورت کے کسی خوجے کی اصلاح تھی) جہاج محل میں شام کاٹے نہیں کٹتی تھی۔ بس تیسرے مالے کی کھڑکی سے بیٹھے سمندر کو دیکھتے رہیے۔ یہ کچھ پتھریلا حصہ تھا جس کے آگے نیچا سا بند باندھ دیا گیا تھا۔ مد کے عالم میں سمندر کی موجیں اس بند کو پھاند کر آتی رہتیں۔ یہاں تک کہ بند کے اندر کے حصے میں سمندر کی سطح کے برابر پانی آجاتا تھا۔ پھر جب جزر شروع ہوتا تو یہ پانی معلوم نہیں کس ترکیب سے نکل جاتا۔ پتھریلی زمین مٹیالی کالی کالی باقی رہ جاتی اور شام کے وقت میجر نذیر اور امجد حسین دیکھتے رہتے کہ کووں کے غول کے غول! اس پتھریلی چٹان میں زمین پر شور مچاتے منڈلاتے رہتے کیوں کہ سمندر ہٹنے سے پہلے شاید یہاں مچھلیاں یا ان کووں کی اور کسی قسم کی غذا چھوڑ جاتا۔

میجر نذیر نے کہا، "شام کا وقت یہیں بیٹھے بیٹھے گزارنا بالکل ناقابل برداشت ہے۔"

"تو پھر چلو چلیں؟"

"کہاں۔"

"ہاربر پیریسین ڈائیری، کہیں تھوڑی دیر بیٹھ کے چلے آئیں۔"

"ہاربر بار جانے کے معنی وہسکی اور وہ بھی تو کمبخت اسکاچ نہیں دیتے۔۔۔ اور سوڈا یا اور کسی چیز کے پیچھے دس بارہ روپے پھینکنے کے تھے۔"

"لوپ" اچھے کپڑوں کے پرستار میجر نذیر نے سر ہلا کے کہا۔

"تو پھر ولنگڈن چلو۔"

"اس روز گئے تھے اور ہم تم اکیلے الو کی طرح ایک میز پر بیٹھے سنبو سے کھاتے اور کافی پیتے رہے اور سوائے اس باؤلے پارسی پسٹن جی کے کسی سے بات تک نہیں ہو سکی۔"

اور میجر نذیر نے کپڑوں کی کریز پر ایک مطمئن نظر ڈال کے کہا، "گاڑی میں کتنا پٹرول ہو گا۔"

"کل چور تار سے ڈیڑھ گیلن لیا تھا۔ ایک آدھ گیلن پہلے کا ہو گا۔"

"تو چلو کسی لڑکی کو ساتھ لے کر ولنگڈن یا سی سی آئی چلیں۔ وہاں تھوڑی دیر بیٹھیں۔"

"ولنگڈن میں تو آج ناچ بھی ہو گا۔" امجد حسین نے کہا۔

"آپ کی دعا سے خاکسار ذرا اچھا ہی ناچتا ہے۔" اور میجر نذیر نے پھر اپنے کپڑوں پر ایک نظر ڈالی۔

"لیکن کس کو ساتھ لیا جائے؟"

اور اس سوال کے ساتھ میجر نذیر نے اپنی جیب سے ایک چھوٹی سی سیاہ کتاب نکالی جس پر سنہری حروف میں لکھا ہوا تھا۔ "ٹیلیفون نمبرز"۔ اس میں میجر صاحب نے اپنے ہر ملنے والے اور ملنے والی کا ٹیلیفون نمبر درج کر ڈالا تھا۔ جس زمانے میں ان کی رجمنٹ بغداد میں تھی۔ اس زمانے میں حبیبہ خرموش اور بہت سی یہودنوں کے پتے انھوں نے لکھ ڈالے تھے۔ اس کے سوا لاہور، سری نگر، کلکتہ، لکھنو، حیدر آباد، مسوری، بمبئی، پونا، مدراس، بنگلور، غرض ہر اس شہر میں جہاں ان کا کچھ عرصے کے لیے قیام رہا تھا۔ انھوں نے کار آمد ملاقاتیوں اور ان سے زیادہ لڑکیوں کے پتے درج کر لیے تھے۔

چنانچہ پہلے تو کوئینز روڈ پر کریز کورٹ میں رہنے والی ایک اینگلو انڈین لڑکی سے

انھوں نے ٹیلیفون ملایا۔ میجر رشید آ کے ٹیلیفون کے پاس کھڑا ہوا۔ اس کی عادت تھی کہ جب نذیر یا امجد اپنی کسی دوست سے ٹیلیفون پر باتیں کرتے ہوتے تو وہ ضرور آ ٹپکتا۔ ان کی باتیں سنتا اور پھر بالکل بے تعلق ہو کر چل دیتا۔ ایک دن تو اس نے امجد حسین کو بے وقوف بنانے کی اچھی خاصی کامیاب کوشش کی تھی، نذیر علی الصباح ہوئی جہاز سے حیدرآباد جارہے تھے۔ کسی ضروری کام سے ان کی طلبی ہوئی تھی۔ رشید انھیں پہنچانے جوہو ایروڈروم گیا۔ اسے معلوم تھا کہ امجد آٹھ سے پہلے سو کے نہیں اٹھتا۔ اس دن چوکیدار نے اسے سات بجے اٹھا دیا۔ "دھنی، ادھر ماہیم سے کوئی بائی تم سے بات کرنے مانگتا۔" اس وقت کون بائی ہوں گی اور وہ بھی ماہیم سے۔ امجد حسین کھڑبڑا کے اٹھا۔ ادھر سے ایک بھاری سی نیم زنانی آواز نے کہا، "میں سرلا بائی ہوں، ماہیم سے بول ری ہوں۔ میں مسٹر امجد حسین سے بات کرنا چاہتی ہوں۔ آپ مسٹر امجد حسین ہیں، آپ نے مجھے پہچانا نہیں۔" "کون سرلا بائی۔" امجد حسین سر کھجانے لگا۔ "میرا آپ کا بس پر ساتھ ہوا تھا۔ آپ نے مجھے اپنا ٹیلیفون نمبر دیا تھا۔ میں سرلا بائی ہوں ماہیم والی۔"

"سرلا بائی سرلا بائی" امجد حسین سوچتا رہا اور سرلا بائی کی نیم زنانی آواز پھر آئی، "میں آپ سے ملنا چاہتی ہوں، کہاں ملوں۔" امجد حسین کو اس نیم زنانی آواز میں میجر رشید کے لہجے اور دبی ہوئی ہنسی کی ذرا سی آہٹ معلوم ہوئی اور اس نے کہا، "کیوں بے رشید کیا جوہو ایروڈروم سے بات کر رہا ہے۔" ادھر سے نیم زنانی آواز نے بڑی سنجیدگی سے کہا، "مسٹر حسین میں آپ کا مطلب نہیں سمجھی۔ میں آپ سے کہاں ملوں؟" امجد حسین نے جواب دیا۔ "تاج محل میں۔" آواز نے پھر کہا۔ "تاج محل میں کس جگہ؟ میں گیارہ بجے پام کورٹ میں آپ کا انتظار کروں گی۔" "پام کورٹ میں نہیں۔ تاج محل

میں آفس کے پاس جہاں لفٹ ہے۔" لیکن زنانی آواز نے بڑے مصنوعی سریلے پن سے جواب دیا، "مسٹر امجد حسین، وہاں لفٹ کے پاس تو بہت سے لوگ آتے جاتے ہیں۔ وہاں آپ سے ملتے مجھے بڑی شرم آئے گی۔" یہ سرلا بائی کون ہے؟ امجد حسین نے سوچنا شروع کیا اور طرح طرح کی سانولی سلونی نیم کامیاب سینما ایکٹرسوں کی تصویریں اس کی نظروں کے سامنے گھومنے لگیں۔ ٹیلیفون والی آواز کا نیم زنانہ پن ایک طرح کی مردانہ ہنسی میں تحلیل ہو گیا۔ لیکن نیم زنانہ آواز پھر نمودار ہوئی، "تو مسٹر امجد حسین پھر آج گیارہ بجے پام کورٹ میں۔" اور امجد حسین نے چڑ کر کہا۔ "چل بے رشید یہ بتا نذیر چلے گئے یا نہیں۔" "معاف کیجیے گا میں سمجھی نہیں۔" نیم زنانی آواز نے پھر کہا اور امجد حسین نے جھنجھلا کے ٹیلیفون رکھ دیا۔ رشید کے کمرے میں جا کے دیکھا تو وہ غائب تھا۔ اس نے ایک چٹھی پر لکھا، "ڈیر رشید۔ ماہم سے تمہاری ایک دوست سرلا بائی نے ٹیلیفون کیا ہے۔ وہ تم سے پام کورٹ میں گیارہ بجے ملنا چاہتی ہیں۔ ان کی آواز بھی تم سے بہت ملتی جلتی ہے۔ امجد۔"

رشید نے اس وقت بھی امجد کو مشورہ دیا کہ یار وہ ہماری تمہاری دوست ہے ناماہم والی سرلا بائی، اسے لے کے ناچنے چلے جاؤ۔ ادھر میجر نذیر احمد برابر ہلو ہلو کیے جا رہا تھا۔ کرنیز کورٹ والی اینگلو انڈین لڑکی کی ماں نے یہ خبر سنائی کہ وہ ابھی تک دہرہ دون سے واپس نہیں آئی، جہاں وہ نذیر سے ستمبر میں ملی تھی۔

نذیر نے اپنی چھوٹی سی ٹیلیفون کے نمبر والی کتاب پر پھر ایک نظر ڈالی اور ایک اور نمبر ملایا۔ "کیا میں مسٹر عباس باٹلی والا سے بات کر سکتا ہوں؟" پھر اپنے مخاطب کے لہجے کو سمجھ کر اس نے گفتگو شروع کی، "تم کون ہے۔ چوکیدار ہے کیا۔ اچھا چوکیدار دھنی ادھر ہے۔ اجون آفس سے نہیں آیا۔ اچھا ادھر بائی جی ہے۔ وہ بھی نہیں ہے کدھر گیا

ہے۔ وہ بھی باہر گیا ہے۔ سیٹھ کے ساتھ گیا؟ بچہ لوگ کے ساتھ گیا؟ اچھا اپنے فرینڈ کے ساتھ گیا۔" اسی چھوٹی سی کتاب کے ورق الٹتے ہوئے اس نے کہا، "چلو گلشن باٹلی والا بھی کہیں باہر گئی ہے۔ وہ بھی گئی۔"

پھر اس نے ایک اور نمبر ملایا۔ "مس مہرو کے پرائیوٹ نمبر سے۔ ہاں ہاں سر کلینو فرامرز کا مکان ٹھیک ہے۔ ٹھیک ہے۔ مس مہرو کے پرائیویٹ ٹیلیفون سے میرا نام! میجر نذیر، رقص کے انداز میں میجر نذیر آہستہ آہستہ پیر پٹکنے لگا۔ اس نے امجد حسین کی طرف مسکرا کے دیکھا، جواب ملنے میں دیر ہو رہی تھی۔ اس لیے ٹیلیفون کے چونگے پر ہاتھ رکھ کر اس نے کہا، "اسٹریتھ مور پر مارسئی سے لے کر بمبئی تک میرا اس کا ساتھ رہا۔ کیا لڑکی ہے بھائی، امجد۔ اب تو بالکل بدل گئی ہے۔ اب تو زیادہ تر انگریزوں کے ساتھ ـــ یس ہلو ہلو ـــ انگریزوں کے ساتھ ـــ ہلو ہلو۔ ہاں مہرو ڈارلنگ، تم ہی پہچانو۔ کیا میری آواز بھی یاد نہیں ـــ؟ ہاں ہاں ـــ میرا نام تمہارے آدمی نے بتایا ہوگا ـــ نہیں؟ تم نے خود پہچانا؟ تھینک یو ڈارلنگ۔ صدیوں سے تم سے ملاقات نہیں ہوئی۔ کتنے دن ہوئے دو ہفتے، مہرو ڈارلنگ کاش پھر اسٹریتھ موڑ پر میرا اور تمہارا ساتھ ہوتا۔ وہی ۱۹۳۷ء کی طرح ـــ ڈارلنگ، اچھا سنو مہرو۔ یہاں میرے ساتھ میرے ایک دوست ہیں امجد۔ ہم ولنگڈن کلب جانے کا ارادہ کر رہے ہیں۔ شام کسی طرح کاٹے نہیں کٹتی۔ تم چلو گی ـــ؟ ارے ـــ ارے ـــ کیوں! کہاں؟ مہاراجکمار راج بھوج کے یہاں۔ کاک ٹیل ڈانس ـــ ارے ارے ـــ خیر اگر تم پہلے ہی سے وعدہ کر چکی ہو۔ اچھا ڈارلنگ کسی اور دن ـــ اچھا ـــ اچھا، شام بخیر مہرو۔"

"بھئی وہ تو مہاراجکمار بھوج کے یہاں کاک ٹیل پارٹی میں جارہی ہے اور اور تو کوئی لڑکی سمجھ میں نہیں آرہی ہے۔" اور ٹیلیفون کا آلہ ہاتھ سے رکھ کر میجر نذیر نے کرسی کی

پشت کا سہارا لے کر پتلون کی کریز پھر سے ٹھیک کی۔

رشید نے کہا، "شیریں نیاز بھائی کو کیوں ساتھ نہیں لے جاتے۔"

"نہیں رشید۔" نذیر نے کہا، "گزشتہ ہفتے میں نے بہت کوشش کی۔ اس نے باہر آنا جانا بالکل چھوڑ دیا ہے۔"

"میں نے سنا ہے کہ وہ راج رتن بھائی جوہری کے ہتھے چڑھ گئی ہے اور وہ اسے کہیں آنے جانے نہیں دیتا۔" رشید نے پتلون کی دونوں جیبوں میں ہاتھ ڈال کے اور دیوار کا سہارا لے کر کہا۔

"ممکن ہے بھئی۔ میں کچھ کہہ نہیں سکتا۔" نذیر نے جواب دیا۔

"میں نے سنا ہے بڑی خوبصورت لڑکی ہے۔" امجد نے کہا۔

"خوبصورت؟ بے حد خوبصورت۔" نذیر نے جواب دیا۔

اسی طرح دیوار سے اپنی پیٹھ کو کسی قدر رگڑ کے رشید نے پوچھا، "نذیر گزشتہ سال تو اس سے تمہاری بڑی دوستی تھی۔"

"بڑی دوستی تو نہیں، چھوٹی دوستی ضرور تھی۔ اصل میں وہ اصغر مرحوم کی دوست تھی۔ مگر کیا اچھی لڑکی ہے امجد۔" نذیر نے امجد کا ہاتھ اپنے ہاتھ میں لے کے کہا، "قد و قامت بات چیت، کلچر، اگر وہ در حقیقت راج رتن بھائی جوہری کی داشتہ بن گئی ہے تو بڑی حیرت ہے اصغر تو اس سے شادی کرنے کو بالکل تیار تھا اور بھی کہیں نہ کہیں اس کی شادی ہو ہی جاتی۔ کیا لڑکی ہے امجد۔"

امجد نے کہا، "تو یار ذرا ٹیلیفون ملا کے تو دیکھو۔"

"بیکار ہے۔ وہ نہیں آئے گی۔" پھر بھی ذرا رکاوٹ کے ساتھ نذیر نے جیب سے وہی ٹیلیفون نمبروں والی کتاب نکالی اور نمبر ڈائل کرنا شروع کیا۔ "ہلو ہلو۔۔۔ ہلو۔۔۔ کون

تم ہو۔ شیریں۔۔۔ پہچانو۔۔۔ ہاں نذیر۔ میں ابھی تک بمبئی میں ہوں۔۔۔ ہاں شیریں۔۔۔ ایچس اسٹکیس کے بعد حیدر آباد جاؤں گا۔ شیریں تم کیسی ہو۔ آخر اس دن تم نہیں آئیں۔۔۔ اچھا پھر کب؟ آج کیوں نہیں؟ شیریں ہمارا ارادہ ولنگڈن کلب جانے کا تھا۔ خیر وہاں نہ سہی تاج سہی۔ وہاں بھی نہیں؟ کیوں؟ کیا بات ہے؟ نہیں میں پوچھنا بھی نہیں چاہتا ہوں۔ میں صرف یہ چاہتا ہوں کہ تم آج چلو۔ ہمارے ساتھ۔ میرے ایک دوست ہیں امجد۔۔۔ نہیں۔۔۔؟ شیریں شیریں۔۔۔ یہ تو میری سمجھ میں نہیں آیا۔ میں خود آؤں۔۔۔ کہاں؟ تمہارے یہاں، تمہارا پتہ کیا ہے۔ ذرا ٹھہرو میں لکھ لوں۔۔۔ ہاں۔۔۔ ہاں۔۔۔ ہاں۔۔۔ اچھا بھائی کھلر کے پل کے آگے۔۔۔ اچھا میں سمجھا۔۔۔ ہاں۔ اچھا میں آتا ہوں شیریں، تمہیں ساتھ چلنا ہوگا۔۔۔ نہیں خیر میں آتا ہوں۔ میں اپنے دوست امجد کو بھی ساتھ لیتا ہوں۔ اچھا شکریہ۔ خدا حافظ۔ خدا حافظ۔"

بڑی ہی نرم اور سریلی آواز میں خدا حافظ کہہ کے میجر نذیر نے ٹیلیفون کا رسیور رکھا۔ "امجد پھر کیا ارادے ہیں۔ بھائی کھلر کے آگے رہتی ہے چلتے ہو تو چل کے مل لو۔ مگر وہ ساتھ نہیں آئے گی۔ میں نے جب زور دیا تو وہ ٹیلیفون پر کہنے لگی۔ نذیر تم زیادہ اصرار کروگے تو میں رو دوں گی، معلوم ہوتا ہے وہ راج رتن بھائی والی افواہ کچھ ٹھیک ہی ہے۔"

"معلوم تو ایسا ہی ہوتا ہے۔" رشید نے کہا، "یا ممکن ہے اس کے والدین اسے باہر آنے جانے سے روکتے ہوں۔"

"بہر حال۔۔۔" میجر نذیر نے کہا اور آستینوں کی کریز کا امتحان لینے لگا۔

"چلو۔" امجد نے کہا۔

مرکزی اسمبلی میں سو فیصد نشستیں جیت لینے کی خوشی میں اس شام بمبئی کے بہت

سے مسلمان محلوں میں چراغاں تھا۔ محمد علی روڈ، بھنڈی بازار وغیرہ میں ہر چھوٹی سی چھٹی دکان پر روشنیاں جگمگا رہی تھیں۔ باب پاکستان، باب محمود غزنوی اور جناح کی بڑی بڑی تصویروں پر بجلی کی روشنی اجالا کر رہی تھی۔ پنواڑیوں کی دکان پر جمگھٹا تھا اور چھوٹے چھوٹے ہوٹلوں سے سستے فلمی گانے، ریڈیو، گراموفون کے ذریعے نشر ہو رہے تھے، سڑک پر ہزاروں آوارہ گرد چھوٹے چھوٹے ٹوپیاں پہنے ہوئے میمن، بوہرے، خوجے اور دھوتی پہنے ہوئے ہندو، تماشا تو تماشا ہی ہے۔ تصویر چاہے گاندھی کی ہو چاہے جناح کی۔

جگمگاتی ہوئی کمانوں، قمقموں اور مجمع دیکھتے ہوئے میجر نذیر نے ایکے سلریٹر دبایا۔ بھائی کھلر کے پل کے اسی طرف اس نے گاڑی روک لی۔ اب سستے گراموں فونوں، ریکارڈوں کا شور بہت پیچھے رہ گیا تھا۔

"یہاں سے راستہ پوچھنا پڑے گا۔" میجر نذیر نے ہونٹ اور دانتوں کے درمیان اپنی چھوٹی سی مونچھوں کو دبانے کی کوشش کرتے ہوئے کہا۔

کوئی میمن جو قریب گذر رہا تھا اسے امجد نے پکارا۔ "مولانا۔"

اور نذیر نے راستہ پوچھا۔

ایک پتلی تاریکی سی گلی سے جو کر موڑ پر ایک ذرا چوڑی سی سڑک پر پہنچی جس پر ٹرام کی پٹریاں بچھی ہوئی تھیں اور تھوڑی تھوڑی دیر کے بعد کوئی ٹرام کھڑ کھڑاتی ہوئی گذر جاتی۔

"یہ تو وہ اسکول ہے جس کا پتہ اس نے مجھے بتایا اور کہا تھا کہ یہیں اس کا چھوٹا بھائی ہمارا انتظار کرے گا۔"

ایک بارہ تیرہ سال کا لڑکا سفید قمیص اور نیکر پہنے موٹر کے قریب پہنچا اور پوچھا:

"آپ میجر نذیر ہیں۔"

"ہاں،" میجر نے ہنس کر کہا۔ اس نے اور امجد نے آئینے چڑھائے، پھر اس نے گاڑی کو قفل لگایا۔ سڑک سے آگے موٹر نہ جاسکتی تھی۔ ایک پتلی سی گلی تھی۔ جس پر پتھروں کا فرش تھا اور دونوں جانب، جدید وضع کے چھوٹے چھوٹے دو دو تین تین منزل کے ایسے مکانات تھے جن میں تین چار خاندان رہ سکیں۔

گلی کے ختم پر آخری مکان پر چھوٹے رہنما نے نذیر اور امجد کی طرف دیکھا۔ اتنے میں نچلی منزل کا دروازہ کھلا۔ دروازے پر 'بی، جی، شیخ' بیمہ ایجنٹ کا نام ایک تختی پر لگا ہوا تھا۔ دروازہ کھلا اور بجلی کی روشنی کی ایک لہر آئی۔ ایک جوان لڑکی شلوار قمیص کا سفید ریشمی سوٹ اور اس پر سیاہ جارجٹ کا دوپٹہ اوڑھے کھڑی تھی۔ اس کا قد اچھا خاصا بلند تھا۔ رنگ بہت گورا، انگلیاں بھی لمبی، چہرے کی تراش لانبی لیکن خوبصورت ہونٹوں پر لپ اسٹک کی بڑی ہلکی سی سرخ تحریر تھی اور برق بین السطور کی طرح اس کے ہموار دانت ایک تبسم میں جگمگا رہے تھے۔ بال ترشے ہوئے نہیں تھے۔ لیکن پیچھے بندھے ہوئے تھے۔ اس نے میجر نذیر کی طرف ہاتھ بڑھایا۔ میجر نذیر نے اس کا ہاتھ "ہو شیریں" کہہ چکنے کے بعد بھی آدھ منٹ تک اپنے پنجے میں رکھا۔ ایک اور خاتون اس لڑکی کے پیچھے کھڑی تھی، اس کی ماں۔ جن کے دانت کب کے ناہموار ہو چکے تھے اور ہونٹوں اور آنکھوں کے قریب جھریاں نمودار ہو چلی تھیں اور جسم بے ڈول ہو چکا تھا۔

میجر نذیر نے امجد کا تعارف شیریں اور اس کی والدہ مسز نیاز بھائی دونوں سے کرایا۔ شیریں نے امجد کی طرف اس طرح دیکھا جیسے کوئی کسی دروازے سے آنے والے اجنبی کی طرف دیکھے۔ ذرا سی میزبانی لیکن بڑی ہی دور سے وہ مسکرائی اور پھر دفعتاً اس کی آنکھیں میلوں پیچھے ہٹ گئیں۔

اس نے نذیر اور اس کی بیوی کی خیرت پوچھی اور نذیر نے شکریہ ادا کر کے پھر اس کا ہاتھ اپنے ہاتھ میں لے کر دبایا۔ اس کی ماں مسز نیاز بھائی مسکرائی۔ نذیر نے کہا، "ہم اس لیے آئے ہیں کہ شیریں کو اپنے ساتھ لے جا کے کہیں سیر کرا لائیں۔"

"نہیں نذیر، تم نے وعدہ کر لیا تھا کہ یہیں بیٹھ کے باتیں کرو گے۔ میں باہر تو نہیں آتی۔"

نذیر نے کہا، "مسز نیاز بھائی، آپ کو ہماری سفارش کرنا پڑے گی۔"

مسز نیاز بھائی ہنسیں، ناہموار دانت ہنسے۔ "شیریں چلی کیوں نہیں جاتی ہو۔ تھوڑی دور تک ڈرائیو کے لیے۔ کب تک۔"

شیریں نے تعجب اور غصے سے اپنی ماں کی طرف دیکھا اور پھر مسکرا کے اس نے کہا، "نہیں نذیر، کیوں کیا یہاں باتیں نہیں کر سکتے۔ میں نے باہر آنا جانا بالکل چھوڑ دیا ہے۔"

"کب سے؟ آخر کیوں؟" نذیر نے پھر اس کا ہاتھ دبایا۔

مسز نیاز بھائی نے اس کے بجائے جواب دیا، "سال بھر سے لوگوں نے معلوم نہیں کیا کیا ہمارے متعلق مشہور کیا۔"

شیریں نے جلدی سے کہا، "پہلے تو یہ مشہور کیا کہ میں جنید کے ساتھ لاہور بھاگنے والی ہوں اور جنید اپنی بیوی کو طلاق دے رہا ہے۔"

"یہ اور اسی طرح کی ہزاروں باتیں ہم لوگوں کے متعلق مشہور ہونے لگیں تو شیریں کے والد نے باہر آنا جانا کم کر دیا۔"

نذیر نے کہا، "لیکن میں تو تم کو پانچ چھ سال سے جانتا ہوں۔ میری بات دوسری ہے۔"

"بے شک۔" شیریں نے پھر اپنے خوبصورت ہموار دانتوں کی بجلی لہرا کے کہا،

"لیکن نذیر، میری تم سے درخواست ہے، التجا ہے، باہر چلنے کے لیے مجبور نہ کرو۔ اس کے علاوہ مجھے ولنگڈن سے نفرت ہے۔"

"خیر ولنگڈن نہ سہی سی سی آئی سہی۔"

"اوہ نذیر۔" وہ کھکھلا کے ہنسی، "وہ ولنگڈن سے بدتر ہے۔"

"پھر تاج سہی۔ چلو ہاربر بار میں تھوڑی دیر بیٹھو۔"

شیریں نے صوبے پر اپنے دونوں ہاتھ پھیلا دیے۔ سیاہ جارجٹ کا دوپٹہ انچ بھر ڈھلک گیا۔ دونوں ہاتھوں کی پانچ پانچ انگلیاں سمیت اس نے انکار میں اس طرح ہلائیں جیسے دو گورے گورے سانپ ساتھ ساتھ اپنے پھن ہلائیں۔

یہ دیکھ کر کہ امجد بالکل خاموش بیٹھا تھا، نذیر نے کہا، "مسز نیاز بھائی، یہ میرے دوست امجد حسین بہت اصرار کر رہے تھے کہ شیریں کو ساتھ لے چلو۔ یہ وہاں حیدرآباد میں فولاد کی انڈسٹری میں ہیں۔ میرے بڑے خاص دوستوں میں سے ہیں۔ بمبئی میں انھیں زیادہ لوگ نہیں جانتے۔ اس لیے اگر شیریں میرے اور ان کے ساتھ جائے تو کیا ہرج ہے۔"

"جاتی کیوں نہیں ہو۔" شیریں کی ماں نے دفعتاً سفارش کا پورا ارادہ کر کے اپنی بیٹی سے کہا۔

شیریں جو اسی طرح دور دراز نظر سے دور ہونے والی دور رہنے والی نظروں سے امجد کی طرف دیکھ رہی تھی۔ اپنی ماں کی طرف پلٹی، "ممی آپ کو کیا ہو گیا ہے؟"

"تھوڑی دیر کے لیے چلی بھی جاؤ۔" مسز نیاز بھائی نے کہا۔

"ممی" کہہ کے شیریں نے آنکھوں ہی آنکھوں میں اپنی ماں کو منع کیا اور ایک ٹھنڈی گہری سانس لی۔

"ہم حیدر آبادیوں کے ساتھ باہر جانے میں بدنامی نہیں ہو سکتی۔" امجد نے کہا۔

"نہیں ہو سکتی؟ کیا کہنا۔" شیریں اپنی کرسی سے اچھل ہی پڑی۔ "نذیر تم کو معلوم ہے۔ یہاں کیا مشہور ہوا تھا یہ کہ اصغر سے میری شادی ہو گئی ہے۔"

"شیریں۔" نذیر نے پتلون کی کریز دونوں گھٹنوں پر ٹھیک کرتے ہوئے کہا، "تمہیں معلوم ہے کہ اصغر کا انتقال ہو گیا۔"

"نہیں۔" شیریں کے منہ سے ایک دبی سی چیخ نکل گئی۔ امجد نے فوراً تجزیہ کیا اس چیخ میں تاسف نہیں حیرت ہی حیرت تھی۔ "کب؟"

"کوئی مہینہ بھر ہوا۔" نذیر نے کہا۔

"ارے ارے مجھے بڑا افسوس ہوا۔" شیریں نے کہا۔ اس کی آنکھوں میں جوانی کا رس اور جوانی کی چمک تو تھی۔ مگر ایک ایسی بے کیفی تھی گویا آنکھیں جذبے، افسوس اور احساسات سے ہمیشہ کے لیے بیگانہ ہو چکی ہیں۔

مسز نیاز بھائی نے افسوس کا اظہار کر کے پوچھا اور نذیر اصغر مرحوم کی موت کے حالات بیان کرنے لگا۔

اور امجد سوچنے لگا، اگر اصغر کی شادی اس لڑکی شیریں سے ہو جاتی تو اسے اس طرح عین جوانی میں موت نہ آ جاتی۔ بیچارا اصغر۔ "خدا مغفرت کرے۔" مگر وہ پیدا ہی اس لیے ہوا تھا کہ اپنے ہاتھوں اپنی زندگی تباہ کرے۔ عنفوانِ شباب میں اس نے گھوڑوں کی سواری کے ساتھ ساتھ ناچنا اور شراب پینا سیکھا۔ لڑکیوں کی موجودگی میں اس کی زبان کھل جاتی اور وہ گھنٹوں عاشقی کی باتیں کر سکتا۔ لیکن اپنے ساتھی افسروں کی صحبت میں زیادہ سے زیادہ وہ محض گالیاں دیتا رہتا۔ پہلے اس کے دانت سفید سے زرد اور مٹیالے ہو گئے۔ حالانکہ اس کی عمر ابھی پینتیس سال ہی کی تھی۔ پھر اس نے گھوڑ دوڑ میں اپنی بساط

سے زیادہ روپیہ خرچ کرنا شروع کیا اور وہ دس ہزار کا غبن۔ خدا اس کی مغفرت کرے۔ خیر جائداد وغیرہ بیچ کے اس نے اپنی عزت بچائی۔ کمیشن باقی رہ گیا۔ نوکری سے نہیں نکالا گیا۔ مگر پھر چھ مہینے کے بعد گیارہ بجے دن ہی سے اس کی آنکھیں سرخ ہو جاتیں، چڑھ جاتیں اور اس نے جنرل کلیمنٹ بنول کو گالی دے دی جو اس کی رجمنٹ کا مہمان تھا اور وہ میجر سے پھر کپتان ہو گیا۔ بچارا، بچارا، اصغر اور جب اسکاچ وہسکی کے پیسے نہیں رہتے تو وہ جم خانہ وہسکی پر اتر آیا۔ پھر ٹھرے پر اور عورتوں کی حد تک بھی یہیں حشر ہوا۔ اس انگریز کرنل کی بیوی سے۔ کیا عورت تھی، کیا جسم، کیا حسن تھا۔ لیکن اس کے پیچھے اصغر نے سب کچھ لٹا دیا۔ دادا کا گھر بیچا۔ اپنی موٹر بیچ دی۔ یہاں تک کہ اپنا فرنیچر۔۔۔ پھر چھایا دیوی۔ اس نے بھی اصغر کو دونوں ہاتھوں سے لوٹا۔ چھایا دیوی کا بھی کیا جسم تھا۔ سڈول، گداز، ایک زمانے میں سنیما ایکٹرسوں کی سرتاج تھی۔ اب یہ حالت ہے کہ ریس کورس پر آتی ہے تو کوئی پلٹ کر دیکھتا بھی نہیں، جوانی ڈھل چکی ہے، مگر اب بھی۔۔۔ خیر اس نے بھی بچارے اصغر کو تباہ کرنے میں کوئی دقیقہ نہیں چھوڑا۔ غلطی بھی اصغر کی تھی اور اسی چھایا دیوی کی وجہ سے تو شیریں اس کے ہاتھ سے نکل گئی۔

اور امجد سوچتا رہا کہ اصغر کی شادی اگر شیریں کے ساتھ ہوتی تو نہ اصغر اس طرح تباہ ہوتا، نہ اتنی جلدی مر جاتا نہ شیریں زرخرید لونڈی کی طرح راج رتن بھائی کے دمکتے ہوئے ہیروں کی عوض بک جاتی۔ رشید اور نذیر دونوں کا بیان تھا کہ شیریں کی نسبت اصغر سے ساتھ ہو گئی تھی اور وہ اصغر کو پسند کرتی تھی۔ لیکن ایک دن رٹز ہوٹل میں جب وہ اصغر سے ملنے آئی تو اس نے اصغر کو چھایا دیوی کی گردن میں باہیں ڈالے دیکھا اور وہ اسی طرح دروازے سے باہر نکل گئی اور اس کے بعد اس نے کبھی اصغر سے بات نہ کی۔ اصغر بھی گالیاں دے دے کر خاموش ہو گیا۔

یہاں تک کہ دن رات کی شراب خوری اور سر مستی اور بے ادبی اور حماقتوں کی وجہ سے بہت سی رعایتوں کے بعد کورٹ مارشل نے بالآخر اصغر کو فوج سے برخواست کر دیا۔ انگریز کرنل کی بیوی کو تو بہت دور بھیجا ہی جا چکا تھا، چھایا دیوی۔۔۔ دوسرے شکار کھیل رہی تھی اور بہر حال اس کے پاس اتنا پیسہ نہ تھا کہ وہ اصغر کی پرورش کرتی اور اس کے بعد زندگی کے بقیہ ایک دو سال اصغر نے دیسی ٹھراپی پی کے دھڑینوں کے ساتھ گزارے۔ ایک رات دفعتاً اس کے دل میں درد اٹھا۔ دھڑنیاں گھبرا گئیں مگر کوئی ڈاکٹر نہ آسکا۔ رات تاریک تھی۔ تاریکی بڑھنے لگی۔ خدا مغفرت کرے مگر اصغر پیدا ہی اس لیے ہوا تھا کہ اپنی زندگی اپنے ہاتھوں تباہ کرے اور شیریں نے اس روز بڑی غلطی کی تھی جو چھایا دیوی کے ساتھ اسے دیکھ کر اسے ہمیشہ کے لیے چھوڑ کر چلی گئی۔ پھر اس کے بعد کسی اور فیشن ایبل اور اچھے طبقے کے نوجوان نے اس سے شادی کرنے کی خواہش نہیں ظاہر کی اور بچارا اصغر اندھیری بڑی ہی تاریک رات کو جب اس کا دم نکلا تو دھیڑنیاں رونے لگیں اور کسی نے اس کا منہ قبلے کی طرف نہیں کیا۔

شیریں نے اصغر کی موت کا ذکر کچھ نذیر اور کچھ امجد کی زبانی اس طرح سنا گویا اسے اس شخص سے کبھی دور کا بھی واسطہ نہ رہا تھا۔ وقت گذر چکا تھا لیکن بات بھی نہیں رہی تھی۔

پھر جنید کا ذکر آیا۔

پھر نذیر نے بھنڈی بازار میں چراغاں اور باب پاکستان کا ذکر کیا۔ لیکن شیریں اور اس کی والدہ دونوں کانگریس کی طرف دار تھیں۔ شیریں نے تو یہ بھی ارادہ ظاہر کیا کہ وہ عنقریب 'ویک آئی' کو چھوڑ کر کانگریس کی والنٹیر بننے والی ہے۔

امجد نے ہنس کر کہا، "کھادی کی ساڑی آپ پر بہت خوبصورت معلوم ہو گی۔"

پھر ولنگڈن یا ہاربربار کے ساتھ چلنے کا اصرار شروع ہوا۔ اب نو بج رہے تھے۔ شیریں نے پھر صوفے کے دونوں بازوؤں پر دونوں ہاتھ پھیلا کے سانپ کے پھنوں کی طرح انکار میں پنجے ہلائے۔ مگر آخر کار اپنی ماں کے اصرار سے چلنے پر ڈر کے نیم راضی ہو گئی۔

امجد سوچ رہا تھا وہ کون سی طاقت تھی جس نے اس کی آزادی سلب کرلی تھی۔ قدامت ہر گز نہیں۔ محبت؟ غالباً نہیں، پھر کیا۔ سکے، ہیرے، نیلم، انگوٹھیاں، بروچ، کان کے آویزے۔ شاید، شاید۔

لیکن وہ چلنے کو نیم راضی ہوئی تو گھڑی دیکھ کر نذیر نے کہا، "نو بج رہے ہیں۔" اب اس حماقت کی کیا ضرورت تھی؟ نو بج رہے تھے تو بجا کریں۔ شیریں جو کپڑے بدلنے کے لیے اٹھی تھی، پھر بیٹھ گئی۔ "اب بہت دیر ہو گئی ہے۔" نذیر بھی خاموش ہو گیا اور شیریں کی ماں نے بہت اصرار سے نذیر اور امجد کو آئندہ اتوار چائے کی دعوت دی۔

اس کے گھر سے واپس ہوتے ہوئے امجد نے نذیر سے پوچھا، "پہلے تو آپ لوگوں کے ساتھ یہ خوب ادھر ادھر آتی جاتی تھی نا!"

"ہاں بہت، ریس کورس، تاج، ولنگڈن، ایک مرتبہ میں، اصغر، یہ شیریں اور آمنہ پونا بھی گئے تھے، ویک اینڈ گذارنے۔ مگر اب وہ نہیں آئے گی۔ امجد، میں نے کہہ دیا تھا نا؟"

"کوئی بات ضرور ہے۔"

"میرے خیال میں تو وہ راج رتن بھائی جوہری کا قصہ صحیح معلوم ہوتا ہے۔ اس نے اسے رکھ لیا ہے اور ادھر ادھر کہیں آنے جانے نہیں دیتا۔"

"افسوس ہے ایسی خوبصورت لڑکی اور پھر شریف خاندان کی۔ ویک آئی میں افسر

بھی ہے اور وہ اس طرح ایک جوہری کی داشتہ بن کر رہے۔"

باب محمود غزنوی پر بجلی کے قمقمے جگمگا رہے تھے اور چائے کی دوکانوں اور ہوٹلوں سے سستے فلمی گانے کی صدائیں آرہی تھیں۔

"ہاں افسوس کی بات تو ضرور ہے۔" نذیر نے اسٹیرنگ وہیل کو گھما کے سامنے سے آتی ہوئی بس سے اپنی گاڑی بچا کے کہا، "اور امجد مجھے حیرت تو یہ ہے کہ پہلے یہ ایسی نہیں تھی۔"

"احتیاط سے رہتی تھی!"

"بڑی احتیاط سے۔ اب دیکھو نا میں اتنے سال سے جانتا ہوں۔ بے تکلفی ہے اس زمانے میں بڑی مشکل سے کبھی ایک آدھ اچٹتا ہوا بوسہ بھی دیا تو بہت۔ ورنہ بس اخلاق برتتی تھی۔ لیکن بڑی شرافت سے رہتی تھی۔ اصغر مرحوم تو اس سے شادی کرنا چاہتا تھا۔"

"ہاں مجھے معلوم ہے۔"

"اپنے ہاتھوں اس نے اپنی جان لی۔"

"جب تم اصغر کا ذکر کر رہے تھے تو میں یہ سوچ رہا تھا کہ اگر شیریں کی شادی اس سے ہو جاتی تو دونوں کی زندگی سدھر جاتی۔"

"ہاں، شاید۔"

ہارن بی روڈ پر روشنیاں کم ہو رہی تھیں۔

نذیر نے کہا، "اس کا باپ انشورنس کا ایجنٹ ہے۔ ایسی کیا آمدنی ہوتی ہو گی۔"

"یہ تو شاید اس کا سوتیلا باپ ہے نا؟"

"ہاں سوتیلا۔ مجھے یقین ہے جب ہم تم اس کے یہاں ڈرائنگ روم میں باتیں کر

رہے تھے تو وہ پردہ کے پیچھے بیٹھا ہو گا۔"

"یہ راج رتن بھائی کے ہاتھ پھنسی کیسے؟" امجد نے کہا۔

"معلوم نہیں، امجد کہاں کھانا کھائیں گے؟ ارجن ٹی نا چلتے ہو؟"

"چلو۔"

"ممکن ہے اسے راج رتن بھائی سے محبت ہو؟" امجد نے کہا۔

"ممکن ہے۔"

"لیکن میرے خیال میں تو یہ محض جواہرات کی چمک ہے۔ اکثر شریف لڑکیاں جواہرات اور بنارسی ساڑیوں کی وجہ سے جوہریوں اور بنیوں کے ہاتھ گروی ہو جاتی ہیں۔"

"ممکن ہے۔" اور اس نے ارجن ٹی نا کے سامنے گاڑی روکی۔ "دیکھا، امجد مہرو کیسی جھوٹی ہے۔ کہہ رہی تھی مہاراجکمار راج بھون کے یہاں کاک ٹیل ڈانس میں جا رہی ہوں۔ مگر اس کی گاڑی یہاں کھڑی ہے۔"

اتوار کے دن صبح کو لکھ پتی سیٹھ ہارون یعقوب جو بیجا پور کی طرف فولاد کی مصنوعات کا ایک کارخانہ کھول چکے تھے اور امجد کے فولاد کے سامان کے کارخانے میں بڑی دلچسپی رکھتے تھے۔ ناشتہ کر کے آئے تھے۔ اس لیے صرف پھل کھائے اور چائے پی۔ ایک چیکو چھیلتے چھیلتے شیریں نیاز بھائی کا ذکر سن کر کہنے لگے۔

"ابھی بمبئی میں ویسی گرل نہیں ہے۔ اجون تو جرا خراب ہو گئی ہے۔ پہلے بہت خبصورت تھی۔ ویری ویری بیوٹی فل۔ مگر وہ بالکل بیکار ہے۔ وہ جیل میں ہے نا۔ ابھی یہاں تو یہ مشہور ہے کہ راج رتن بھائی اس کو رکھیلا ہے۔"

"اچھا تو یہ سچ ہے؟" امجد نے پوچھا۔

"یہ کیسا معلوم پڑی گا۔" سیٹھ ہارون یعقوب نے کہا، "پن ہم ایسا سنے لا ہے راج رتن بھائی جویلر اس کو قفل کنجی میں رکھے لا ہے۔" پھر بڑی ہی فصیح انگریزی میں سیٹھ ہارون یعقوب نے بتایا کہ جب سے وہ راج رتن بھائی کی معشوقہ بنی ہے۔ وہ اس کو کہیں آنے جانے نہیں دیتا۔

"شاید اس کو بھی راج رتن سے عشق ہو گا۔" امجد نے کہا۔

"ہاں ممکن ہے۔" چائے میں دودھ ڈالتے ہوئے میجر نذیر نے کہا۔

"میں نے سنا ہے راج رتن بھائی اچھا خاص ہینڈ سم آدمی ہے۔" میجر رشید نے اپنی سرویٹ تہہ کر کے میز پر رکھتے ہوئے کہا۔

"ادھر دیکھو میں ایک بات بولتا ہوں نا۔" سیٹھ صاحب نے اس رائے سے قطعی طور پر اتفاق یا اختلاف کیے بغیر کہا، "ہم بھی بہت سا چھوکری لوگ رکھا۔ اکھا بمبئی کو معلوم ہے۔ مگر عشق وشق ہمارا سمجھ میں نہیں آیا۔ اجی کپڑا دیتا ہے، کیا؟ بنارسی ساڑی، ریشم، جارجٹ، زیور دیتا ہے، کیا؟ ہیرا جواہر، ایر رنگ، بروچ، نیک لیس، برسلیٹ اور جولڑکی جرا خبصورت ہے تو تھوڑے دن سواری کو موٹر دینا مانگتا۔ اچھا فلیٹ میں رکھنا مانگتا۔ بس راج رتن بھی ایسا کیے لا ہے۔ نہیں تو اکھی بمبئی میں ایک سے ایک خبصورت جوان ہے۔ شیریں ہمارے میجر نذیر پر کیوں نہیں مرے لا ہے۔ میجر نذیر تو راج رتن بھائی سے زیادہ خبصورت ہے۔"

"میں آداب بجالاتا ہوں۔" میجر نذیر نے کہا۔

"ہم جھوٹ نہیں بولتا۔ سچی بات بولنے منگتا۔"

"لیکن وہ کسی اچھے لڑکے سے شادی کیوں نہیں کر لیتی۔ اس طرح کسی کی رنڈی رہ کر رہنے میں وہ عزت تو محسوس نہیں کرتی ہو گی۔" امجد نے کہا۔

انگریزی میں فلسفیانہ انداز سے سیٹھ ہارون یعقوب نے جواب دیا، "اب وہ بدنام ہو چکی ہے۔ اس سے شادی کون کرے گا۔ اب بہت دیر ہو چکی ہے۔"

"بے شک۔" میجر رشید نے سر ہلایا اور خلالوں کا ڈبہ میجر نذیر کی طرف سر کا دیا۔

سیٹھ ہارون یعقوب نے اردو میں پھر تشریح شروع کی، "ہم آپ سے بولتے، اس کا باپ چھوٹا انشورنس ایجنٹ۔ صبح سے شام تک چکر کرے لا ہے، پھرے لا ہے، مرے لا ہے۔ تو چار پیسے کمائے لا ہے اور لڑکی ویک آئی میں فیشن ایبل بنے لی ہے۔ اجون ریس کورس، تاج محل، ولنگڈن کلب، جوہو میں خرچا کرنے کو پیسا کدھر سے آئیں گا۔ میرا تو ایسا دل بولتا کہ یہ اس کا سوتیلا باپ ہے نا، یہ شیخ، یہ اس کو بھڑائے لا ہے۔"

"دیوس۔"

میجر رشید معافی چاہ کے اٹھے اور سیٹھ ہارون یعقوب نے امجد حسین سے مخاطب ہو کے انگریزی میں کہا، "آپ کے یہاں گوداوری اسکیم میں اگر۔۔۔"

اسی اتوار کو چار بجے جب امجد اور میجر نذیر شیریں نیاز بھائی کے مکان پر پہنچے تو دروازہ شیریں ہی نے کھولا۔ وہ گلابی رنگ کا غرارے دار لمبی پائنچے دار پاجامہ اور اسی رنگ کی قمیص اور اسی رنگ کی اوڑھنی اوڑھے تھی۔ اس سال بمبئی ریس کورس پر غرارے دار پاجامے بہت مقبول ہو گئے تھے۔ سب سے پہلے نرگس کو جدن بائی یہی غرارے دار پاجامے پہنا کے لائی۔ نرگس تو کھلے میدان میں غرارے دار پاجامے اور بلند قد اور پہلوان جیسے جسم کی نمائش کرتی پھرتی۔ کالج جانے والی شریف لڑکیاں اور وہ لڑکیاں جو ہندوستانی فلم اکثر دیکھ لیتی ہیں۔ اس کی طرف رشک سے دیکھ لیتیں۔ مگر جنگ سے پہلے ہر سال ولایت اور دورانِ جنگ میں ہر سال کشمیر جانے والی لکھ پتیوں کی لڑکیاں ذرا معصوم سی حقارت اور بعد سے تمام سنیما ایکٹرسوں کی طرف دیکھتی ہوئی، اپنے اپنے باکسوں میں جا

بیٹھتیں۔ جدن بائی اپنی لڑکی کے حسن اور اس کی مقبولیت سے بالکل مطمئن ایک بنچ پر بیٹھی رہتیں۔ جہاں سے گھوڑدور کا آخری حصہ نظر نہیں آتا تھا اور ان کے قریب پہلی مہارانی کتھا گڑھ پاندان کھولے ہندوستان بھر کے والیان ریاست کو بیٹھی دعائیں دیتیں رہتیں اور مہارانی صاحبہ کے والد ماجد، حنائی ریش، انگرکھے اور دو پلی ٹوپی، میں ہر اس شخص کو جو ان کی غیر معمولی شخصیت سے واقف نہیں تھا، استاد جی معلوم ہوتے۔ نرگس کو دیکھ دیکھ کر اور کچھ اور ناکت خدا لڑکیوں کو، جن کا تعلق غالباً یو۔ پی۔ اور پنجاب سے تھا، یہ ہمت پڑی کہ اگلے ہفتے ریس میں غرارے دار پاجامے پہن کے آئیں۔ پھر کچھ بوہرہ لڑکیاں اس لباس میں آئیں اور پھر یہ لباس چل نکلا۔ یہاں نہیں، ویرانے، جو اسی سال "شکاری" میں نام پیدا کر کے مشہور ہو چلی تھی اور جس سے محسن عبداللہ ذرا اچھے سے لینن کی وہی بش شرٹ پہنے نینا کا غم غلط کر رہے تھے۔ ویرانے لباس شب خوابی پر دوپٹہ اوڑھ کر ریس کورس کو زینت بخشی۔ افسوس کہ یہ لباس چل نہ سکا۔

شیریں نے نذیر سے ہاتھ ملایا لیکن امجد کو محض ایک شفقت آمیز تبسم سے اجنبیوں کی طرح خوش آمدید کہا۔ جس سے وہ جل بھن کر رہ گیا ہو گا۔ مگر کسی کے دل اور اخلاق پر کسی اور کو کیا اختیار، شیریں کی ماں نے البتہ ہاتھ ملایا۔

دفعتاً سامنے کے کمرے کے دروازہ کا پردہ سرکا۔ ایک ادھیڑ عمر کا آدمی برآمد ہوا، جو یقیناً بی جی شیخ تھا۔ لڑکی کا سوتیلا باپ اور امجد کو معاً خیال آیا کہ نذیر کا کہنا ٹھیک تھا۔ اس سے پہلے جب ہم دونوں یہاں تھے تو وہ یقیناً اس پردے کے پیچھے بیٹھا ہو گا۔

شیریں نے دونوں سے اس کا تعارف انگریزی میں یہ کہہ کر کرایا، "یہ ڈیڈی ہے۔"

"ڈیڈی" کی موجودگی میں نذیر نے شیریں کے ساتھ وہ بے تکلفی نہیں برتی۔ نہ اس کا ہاتھ کئی کئی منٹ کے لیے اپنے ہاتھ میں لیا، نہ اس کی طرف محبت سے آنکھیں چمکا کے

دیکھا، نہ چھیڑ کے لیے اس کے کسی چاہنے والے کا ذکر کیا۔

جوں جوں کیک، پکوڑیاں، سنبوسے، بھنے ہوئے پستے، سیو دال اور پھر کیک کی گردش ہوتی گئی گفتگو سنجیدہ سے سنجیدہ تر ہوتی گئی۔ زیادہ تر سیاسیات۔ "پہلے انگریزوں کو نکالو۔ ہندو مسلمان راجاؤں، مہاراجوں، سیٹھوں، ساہوکاروں کی عزت ہم پر فرض ہے۔ لیکن انگریزوں کی نہیں۔" مسٹر بی جی شیخ نے دہرایا۔

"لیکن انگریزوں کی نہیں۔" امجد کی طرف پیسٹری کی پلیٹ بڑھاتے ہوئے مسز نیاز بھائی نے کہا۔ عجیب بات تھی اپنے دوسرے اور زندہ شوہر کے نام پر شیریں کی والدہ مسز شیخ نہیں کہلاتی تھیں۔ مگر اپنے مرحوم شوہر یعنی شیریں کے والد کے نام پر ابھی تک مسز نیاز بھائی مشہور تھیں۔ یہ غالباً زر یا شاید حسن کے زور کا اثر تھا۔ لڑکی کی حیثیت اس خاندان میں مرکزی تھی۔

میجر نذیر نے اس سیاسی مسئلے پر کوئی رائے دینی مناسب نہ سمجھی۔ اس نے دیکھا کہ شانے کے قریب مسٹر بی جی شیخ کے سوٹ کو کیڑوں نے کاٹ کے ایک چھوٹا سا چھید بنا دیا ہے اور استری کا کپڑا جو نظر آ رہا ہے بہت بوسیدہ ہے۔ اس کا سوٹ کم سے کم دس سال پرانا ہے اور اس نتیجہ پر پہنچ کر میجر نذیر نے اپنے پوپ اینڈ بریڈلے کے سیے ہوئے پتلون کی کریز ٹھیک کی اور مسٹر شیخ اور ان کی بیوی کی سیاسی رائے کا جواب محض ایک بااخلاق ہنسی سے دیا۔ "ہی ہی ہی۔"

امجد، فولاد کے کارخانے کا مالک، مکار، اشتراکیت بگھارنے لگا۔ شیخ صاحب میں انگریزوں سے نسلی تعصب کا قائل نہیں۔ دیکھیے نا۔ اگر انگریز مہاجن کی جگہ ہندوستانی مہاجن لے لے۔ تب بھی وہی بات ہوگی۔ غریب ہندوستانی نئے مہاجن کا غلام بن جائے گا۔ کیا آپ سمجھتے ہیں کہ ہندوستانی مہاجن کے راج میں آپ کو محنت کے معاوضے

میں پیٹ بھر کھانا ملے گا۔ پھر ہمت کر کے شیخ کی آنکھوں میں آنکھیں ڈال کے امجد نے بیدردی سے وار کیا، "کیا ہندوستانی مہاجن کے راج میں آپ کی لڑکیوں کی عصمت اور عزت محفوظ رہے گی؟"

مسٹر بی.جی شیخ کسی مجرم مریض کی طرح تلملا گئے۔

امجد نے آخر میں کہا، "اصلی راج مزدور کا راج ہے۔"

میجر نذیر پتلون کی کریز درست کر کے پھر ہنسے۔ "ہی ہی ہی۔ مسٹر نیاز بھائی میرے دوست امجد حسین بڑے پکے اشتراکی ہیں۔ یہ لندن اسکول آف اکنامکس میں پڑھنے کا اثر ہے۔ وہاں ایک بڑا مشہور پروفیسر ہے۔ کیا نام ہے اس کا امجد لاسکی؟ لاسکی؟ لاسکی، لاسکی تو شاید حیدرآباد میں ہم لوگ ریڈیو کو کہتے ہیں۔ یہ لاسکی کا اثر ہے۔ ممکن ہے ایک دن امجد اپنی فیکٹری مزدوروں کے نام منتقل کر دیں۔ ہی، ہی، ہی، مگر یہ تو ذرا مشکل ہے۔ تھینک یو شیریں مجھے تلے ہوئے مٹر بہت پسند ہیں۔"

چلتے وقت مسٹر بی.جی شیخ نے حیدرآباد کے تقریباً ایک درجن امرا اور اسی قدر اعلیٰ عہدیداروں سے اپنی قریبی رشتہ داری یا دلی دوستی اور بے تکلفی کا تذکرہ کیا اور اس کے بعد میجر نذیر سے بھی خواہش ظاہر کی کہ وہ بھی مذکورہ بالا امرا اور عہدہ داروں کے حلقہ میں شامل ہونے کے باعث اخلاقی طور پر مجبور ہیں کہ بیمہ اور انشورنس کے کاروبار میں مسٹر شیخ کی مدد کریں۔

جس کا میجر نذیر اور امجد دونوں نے پختہ وعدہ کیا۔

اگلے ہفتے، گھوڑ دوڑ میں نذیر امجد پرانے پاپیوں سے "ٹپ" پوچھتے پھر رہے تھے۔ ممبروں کے احاطے میں باکسوں کے اس سائبان کی طرف جہاں گھوڑے پھرا کے دکھائے جاتے ہیں۔ بمبئی کا پورا فیشن ایبل طبقہ، عورتیں اور مرد چکر لگا رہے تھے۔ بیٹھے

ہوئے تھے۔ کھڑے ہوئے کسی بورڈ کی طرف دیکھ رہے تھے۔ یا اپنے جیتے ہوئے ٹکٹوں کے روپے لینے قطار در قطار کھڑے تھے۔ جہاں ہزاروں کے وارے نیارے ہو رہے تھے۔ وہاں دو تین سیٹھ بھی تھے، اپنے مارواڑی ٹھاٹھ میں۔ زری کی ٹوپی اور ململ کی دھوتی۔ گیبرڈین کا کوٹ اور سفید پتلون پہنے دھوپ کی عینک لگائے۔ ایک نوجوان نے اپنی ساتھی نوجوان عورت سے کہا، "بلیک برنس وِن۔ چکرورتی پیلس۔" اس کے ساتھ جو نوجوان عورت تھی، اس کے بال سیاہ تھے۔ بلاؤز ذرا گہرا سرخ تھا۔ ہونٹوں کی لپ اسٹک کی سرخی اس سے ذرا مدھم تھی اور ساڑی ہلکی کریم سبز رنگ کی تھی۔ تین لڑکیاں۔ تینوں سر ایوب خاں کے خاندان کی۔ کالے کالے لباس، گورے گورے رنگ، مازندرانی خدوخال سامنے سے گزر گئیں۔ ایک لڑکی زرد رنگ کی بنارسی ساڑی پہنے، شانوں پر کالے کٹے ہوئے بال بکھرائے، پژمردہ اور تھکی ہوئی سی۔ دو سنجیدہ لیکن خوش خوش، شلوار پوش لڑکیوں سے آہستہ آہستہ بیٹھی باتیں کر رہی تھی اور اس کے سر پر درخت کی گھنی چھاؤں تھی۔ سامنے سے لوگ فلیٹ ٹوپیاں پہنے، عورتیں رنگا رنگ کی ساڑیاں پہنے، تیتریاں، ہزاروں کی تعداد میں آ اور جا رہے تھے۔ ایک خوبصورت سی انگریز عورت گزری۔ جس کا فراک ساری کی نقل تھا۔ سیاہ بلاؤز اور لال جھالر۔ ایک لڑکی گجراتی میں ہنستی ہوئی باتیں کرتی آ رہی تھی، "اگر میں اسی طرح ہارتی رہی۔۔۔ آہا آشا۔" اور آشا ٹھٹک کے کھڑی ہوگئی۔ چاکلیٹ کی زمین پر ریشم کے بڑے بڑے کنول کے پھول۔ چہرے پر میکس فیکٹر اور آنکھوں پر دھوپ کی چوڑی سی عینک اور اس کا نصف انچ موٹا فریم۔ "میر دولا۔۔۔ چکوری۔۔۔ سنی سائڈ"۔ "میں تو عرب ڈرابی کے دن ضرور آؤں گی۔"

ہر ہائی نس بیگم آغا خان، نئی بیگم آغا خان خراماں خراماں ٹہل رہی تھی۔ بلند قامت،

باوقار، ہلکی نارنجی رنگ کی ساری پہنے۔ ان کے ساتھ ایک اور خاتون اور ایک سکریٹری، اے، ڈی، سی دونوں ہمرکاب۔ بیگم آغا خان، سراپا تمکنت، وقار، تبسم، "باچپائے۔ باچپائے۔۔۔ "نذیر احمد نے پکار کے کہا۔

راجہ باچپائے نے گھوم کے دیکھا۔ "نذیر۔۔۔؟ ابھی آیا۔۔۔ ابھی، ذرا بکی سے ٹپ لے کے۔ تم تو زیادہ نہیں کھیلتے نا۔ یہ دیکھو نمبرے۔ برنرڈشا اچھا گھوڑا۔۔۔ اجی نہیں آؤٹ سایڈ رہے۔ تو اس سے کیا، مجھے اس کے ٹرینز نے کہا مہاراجہ کشمکش اسے اسی لاکھ میں خرید نا چاہتے ہیں۔ ون نہیں تو پلیس تو یقینی ہے۔۔۔ اچھا ابھی آیا۔"

کھانس کے راجہ باچپائے نے زمین پر تھوکا اور ادھر جہاں گھوڑے گھمائے جارہے تھے، غائب ہو گئے۔ گزشتہ ریس کا کپ دیا جارہا تھا۔ بیگم صاحبہ رشید الظفر کپ دے رہی تھیں۔ نذیر احمد تو ادھر دیکھ رہا تھا۔ امجد چپکے سے اتر آیا اور فیشن ایبل مجمع کو دیکھتا ہوا پھر آوارہ گردوں کی طرح پھرنے لگا۔ وہ موٹی سی ذرا گرم سی انگریز عورت جس نے اس سکھ سے شادی کی تھی، کمبخت بلاناغہ ہر میٹنگ میں آتی ہے۔ اس کے موٹے تازے چہرے مصنوعی حنجبر کے رنگ کے بالوں اور سنہری ساڑی پر نظر پڑنا ضروری ہے۔ آج سنہری کمخواب اور یہ حشرات الارض ان کو معلوم نہیں۔ ممبروں کے احاطے کے ٹکٹ کیسے مل جاتے ہیں۔ نو دولیتے یا سٹہ کھیلتے ہیں، یا فلم کمپنیوں سے خرید کر تھئیٹروں کو بیچتے ہیں۔ کمبختوں کو کوئی اچھے گھرانے کی لڑکی نہیں ملتی تو ان اکسٹرا لڑکیوں کو رنڈیوں کو اٹھالاتے ہیں۔ جوتے کے ایک بڑے متمول سوداگر نے یہ الفاظ اپنے ساتھی سے کہے اور امجد نے اس گروہ کی طرف دیکھا جس کے متعلق یہ باتیں ہو رہی تھیں۔ لڑکی جو ساتھ تھی اس کے لبوں پر سستی، گہری سرخی تھی۔ آنکھوں کے گرد سیاہ حلقے تھے اور راتوں کے جاگنے سے پلکیں بوجھل تھیں، مگریوں بری نہ تھی۔

گھنٹی بجی اور ریش شروع ہوئی۔ راجہ باجپائے کی پیشین گوئی غلط نکلی۔ برنرڈشا ہارا اور بلیک پرنس جیتا۔ فیوریٹ کے جیتنے سے ملتا ہی کیا ہے۔ بس ایک دو روپے اور کیا اور جب وہ قطار میں اپنی جیت کے پیسے لینے کھڑا تھا تو اس نے اپنے سیدھے جانب دوسری قطار میں میجر رشید کو شیام نرائن سے باتیں کرتے دیکھا۔

"شیام نرائن یہاں بھی موجود،" امجد نے اپنے دل میں کہا۔ "مگر یہ خبیث رشید اس سے میر اتعارف نہیں کرائے گا۔"

شیام نرائن کا رنگ ذرا سانولا اور قد لمبا تھا۔ لیکن اس کی تینوں لڑکیاں سرخ و سفید، میانہ قد اور بڑی حسین تھیں۔ امجد شیام سے مسوری میں ملا تھا۔ مگر کچھ ایسی تلخ سیاسی بحث ہوئی تھی کہ رشید نے اسے ایک بہانہ بنا لیا اور شیام نرائن کی لڑکیوں سے کبھی امجد کا تعارف نہیں کرایا۔

ایک مرہٹہ لڑکی فیروزی رنگ کی ساڑی پہنے، اپنے پیسے لے کے واپس لوٹی۔ رشید بدستور شیام نرائن سے باتیں کر رہا تھا اور بار بار امجد کی طرف دیکھ رہا تھا۔

اس کے بعد جو ریس ہوئی اس میں سامنے کے سبزے پر کھڑے کھڑے نذیر نے پلٹ کے جو دیکھا تو بکسوں والے سائبان کے نیچے کی نشستوں میں ایک ذرا بد صورت سی پارسی لڑکی تنہا بیٹھی تھی۔

"شیریں۔" نذیر اس کا نام لے کے اس کے پاس جا بیٹھا۔

امجد نے پلٹ کے دیکھا۔ یہ شیریں نیاز بھائی نہیں تھی بلکہ وہ پارسی شیریں تھی جس سے وہ پہلے مل چکا تھا۔

وہ بھی پارسی شیریں کے دوسری جانب کرسی پر بیٹھ کے باتیں کرنے لگا۔ سب ویول ہی پر کھیلنا چاہ رہے تھے۔ "اتنا ہاٹ فیورٹ ہے۔ کیا دے گا۔ ایونز تو ہو ہی چکا ہے۔"

لیکن چونکہ ویول ہی محفوظ تھا۔ امجد نے ویول کے لیے دس روپے نذیر کے حوالے کیے۔ نذیر خود بھی ویول ہی پر ٹکٹ لینے کے ارادے سے اٹھا اور امجد اگرچہ کہ پارسی شیریں سے باتیں کر رہا تھا لیکن اس کی نظریں میجر رشید پر لگی ہوئی تھیں جو شیام نرائن کی تینوں حسین لڑکیوں سے ہنس ہنس کے باتیں کر رہا تھا۔

پھر معلوم نہیں رشید کو کیا شرارت سوجھی۔ وہ امجد اور شیریں کے پاس پہنچا اور امجد سے کہا شیام نرائن جی تمھیں بلا رہے ہیں۔ چلو شیام نرائن جی اور ان کی لڑکیاں تو معلوم نہیں کہاں غائب ہو گئے تھے لیکن رشید نے امجد کو لے جا کے مہارانی صاحبہ کتھا گڑھ کے والد ماجد کے پس لا بٹھایا، جو اپنی حنائی ڈاڑھی میں کنگھی کر رہے تھے اور آلتی پالتی مارے بینچ پر بیٹھے کبھی اپنی صاحبزادی اور کبھی جدن بائی سے اپنی سب سے چھوٹی پوتی کے حسن کی تعریف کر رہے تھے۔ امجد کو انھوں نے بڑے تپاک سے بٹھا لیا اور پھر رشید کہیں غائب ہو گیا۔ کوئی آدھے گھنٹے کی مسلسل کوشش کے بعد، امجد، مہارانی کتھا گڑھ کے والد ماجد کی سرپرستانہ اور مشفقانہ گفتگو سے پیچھا چھڑا کے بھاگا۔

ایک سانولی سی لیکن بڑی ملیح صورت، چھریرے بدن کی عورت انوکھے ڈیزائن کی بڑی ہی خوبصورت ساڑی پہنے کسی طرف سے آ کے راستے کے قریب کھڑی ہو گئی۔ تین اسٹاف افسر جھک کر آداب بجا لائے۔ تین اے ڈی سی تعظیماً سر جھکا کے ذرا ذرا فاصلے پر کھڑے ہو گئے۔ اس نے کسی اسٹاف افسر سے کچھ پوچھا اس نے جواب دیا، "نہیں، یور ہائی نس۔" پارسی امیر زادیوں نے بے تعلق ہو کر یہ منظر دیکھا اور بے پروا "وِن" کے ٹکٹوں کی کھڑکیوں کی طرف چلی گئیں۔ پھر وہ ملیح خوبصورت مہارانی سیڑھیوں کی طرف گئی۔ نذیر نے امجد کے شانے پر ہاتھ رکھا، "جانتے ہو کون ہے۔"

"نہیں۔"

"مہارانی پیپل نگر، چھوٹی مہارانی۔"

"اچھا، وہی جو پشواز پور کے راجہ کی بیٹی تھی۔"

"جس کی شادی امرت نگر کے تیسرے راجکمار بھرت چندر سے ہوئی۔ پھر اس سے طلاق لے کے یہ مسلمان ہوگئی اور اس نے ہمارے تمہارے دوست سیٹھ یعقوب ہارون سے شادی کی۔"

"نہیں جی۔"

"سیٹھ یعقوب ہارون کو کیا سمجھتے ہو، کروڑپتی تھا۔ رحیم بھائی کے ساتھ تباہ ہوا۔ اب بھی اس کے پاس دو تین کروڑ تو آسانی سے نکل ہی آئے گا۔ پھر جب جنگ شروع ہوئی تو سیٹھ یعقوب ہارون کو اس ری کلمیشن والے جھگڑے میں پھنسا کے نکل گئی اور ایک امریکن کپتان سے شادی کی، اس کا نام میں بھولتا ہوں۔ پھر آخر اسے بھی چھوڑا اور گزشتہ سال یہیں ریس کورس پر میں اس کا اور مہاراجہ پیپل نگر کا رومانس دیکھا کرتا تھا، اب بڑی مہارانی تک اس سے کانپتی ہے۔"

آگے "ون" کے کھمبے کے قریب رشید شیام نرائن جی اور ان کی تینوں لڑکیوں سے باتیں کر رہا تھا۔ امجد نے نذیر سے کہا، میں اس شیریں کے پاس بیٹھا تھا۔ جب یہ رشید مجھے اٹھالایا۔ تم کسی ترکیب سے جاکے اس کو ان لوگوں کے پاس سے ہٹالاؤ۔ نذیر نے جاکے رشید سے کہا، "بھئی بیگم پارہ تمہیں پوچھ رہی تھیں۔ تم ان سے ملے ہونا۔"

رشید کہتا ہی رہا، "میں نے ریس کورس تو کیا کبھی سنیما میں بھی بیگم پارہ کی صورت نہیں دیکھی۔" لیکن نذیر اسے زبردستی لے ہی آیا۔

گھوڑے جیتتے اور ہارتے رہے۔ انسان شرطیں لگاتے اور پچھتاتے رہے۔ عورتیں اپنی ساڑیوں اور میکس فیکٹر کی کریموں، پاؤڈروں اور لبوں پر لگانے کی سرخیوں کی نمائش

کرتی رہیں۔ ادھر دیکھو اشوک کمار۔ جو دھ پوری کوٹ پہنے بیٹھا ہے اس کو جانتے ہو وہ کون ہے۔ روز نتھال ہے۔ جوہری فرانسیسی یہودی مہاراجہ کشمیر کا بڑا دوست ہے۔ انگریز سپاہی خاکی یونیفارم پہنے "ون" کے کھمبے کے قریب کٹہرے سے لگے کھڑے ہیں اور وہ جو لڑکی ہے، وہ مشہور سینما ایکٹرس ہے، دیکھو اس کی پیٹھ ننگی ہے اور کیسی تنگ چولی پہنے ہے۔ دو ملازمین ترکی ٹوپی، سفید کوٹ اور نیکر پہنے کھڑے ہیں۔ وہ احاطے کے اندر کیسے آ گئے؟ وہ تیس سال کی دو عورتیں چلی جا رہی ہیں۔ رفتار اور اونچی ایڑی کی وجہ سے ان کی کمر لچک رہی ہے اور ہوا ان کی ہلکی جارجٹ کی ساڑیوں کے پلو اڑا رہی ہے۔ وہ دیکھو گندمی رنگ، چہرے پر داغ۔ شارک اسکن کا کوٹ، گلے میں دوربین۔ موتی لال ایکٹر کے سوا اور کون ہو سکتا ہے۔ "بڑا مسخرا ہے۔ اس دن جب میں نے اسے ٹیلیفون کیا۔ اس نے میری آواز نہ پہچانی اور پوچھا کون ہے۔ میں نے کہا، فلموں میں نوکری کرنا چاہتا ہوں۔ کہنے لگا میں کیا کروں۔ میں نے کہا، مدد کیجیے۔ بڑی مشکل سے آپ کا ٹیلیفون نمبر ڈھونڈا ہے۔ موتی لال نام کے بمبئی میں جتنے آدمی ہیں۔ سب کو ٹیلیفون کر چکا ہوں۔ ورنہ آپ کا سراغ کیسے ملتا۔ کہنے لگا، غلط نمبر ملا ہے۔ میں موتی لال ایکٹر نہیں، موتی لال مسالے والا ہوں، کیا لیجیے گا۔ ہینگ یا زعفران؟ اور یہ کہہ کے ظالم نے ٹیلیفون کا ریسیور رکھ دیا۔" یہ کہہ کے داد طلب نظروں سے شیام نرائن جی نے رشید کی طرف دیکھا۔

چونکہ ان کی لڑکیاں اس مذاق پر خوش ہو کے ہنس رہی تھیں، رشید نے ہنسنا ضروری سمجھا۔

گھوڑ دوڑ ہوتی رہی۔ ایک اینگلو انڈین گلے تک بند گیبرڈین کا سوٹ پہنے ہاتھ میں دوربین لیے پھر رہا ہے۔ نہیں یار یہ اینگلو انڈین نہیں یہ تو ارباب ہے۔ فرنٹیر ارباب جی۔ یہ ایک پنجابی لڑکی کا تبصرہ تھا، جو اسی ارباب خاں سے باتیں کر رہی تھی۔ خود لمبی تڑنگی،

بال ترشے ہوئے لیکن بالوں میں سینکڑوں پنیں۔ پرانی وضع کے کرن پھول، ناخنوں پر گہری سرخ پالش لگائے، سیاہ زمین کی ساڑی پر۔ سفید سرخ، زرد پھول اور اس کے ساتھ یہ غالباً اس کا شوہر اور ارباب سے ناواقف اور ادھر یہ صاحب جو اپنی کتاب پر گھوڑوں کو دیکھ دیکھ کر نشانات لگا رہے ہیں۔

یہ جو سبز سرج کا سوٹ پہنے فلیٹ ہیٹ لگائے، مینڈک کی سی آنکھیں نکالے چلے آ رہے ہیں، گنگا نگر کے مہاراجکمار ہیں۔ ادھر دیکھو اس گجراتن کی جالی کی ساڑی تو دیکھو اور وہ دوسری، بھئی گجرات کے حسن کے ہم بڑے قائل ہیں۔ پنجاب اور گجرات۔ ورنہ دوسرے صوبوں میں اگر حسن ہے تو نمک نہیں۔ یا نمک ہے تو بس نمک ہی نمک۔ دیکھو تیسری مہارانی پیپل نگر مہاراج کے پاس کس شان سے بیٹھی ہے۔ ادھر مہاراج شیر ونا ہیں ادھر وہ دیکھو یہ ایک میل کی ریس ہے۔ وے گے بانڈ کنگ۔ وے گے بانڈ کنگ۔ سلطانہ، سلطانہ۔ کم آن سلطانہ۔ کم آن جنجر بیر۔ کم آن۔ وے گے بانڈ کنگ۔ کم آن۔ کم آن سلطانہ۔ وے گے بانڈ کنگ۔ کم آن سلطانہ۔ سلطانہ اور پھر تالیاں ہی تالیاں۔

دروازے کے قریب زمین پر بے تکلفی سے تھوک کے راجہ باجپائے نے کہا، "نذیر یار مت پوچھ، میں تین ہزار روپے ہارا۔ دو ہزار تو صرف وے گے بانڈ کنگ پر ہارا۔ کیا گھوڑا مار کھا گیا۔ بس دو ہیڈ سے۔ خیر سویپ سٹک میں ضرور جیتے گا۔۔۔ ہلو راج رتن۔۔۔ راج رتن۔۔۔ تم نذیر سے واقف ہو۔ میجر نذیر، راج رتن بھائی جویلر۔ نمستے بھابی جی۔"

امجد نے جو نذیر کے ساتھ تھا، راج رتن بھائی کی طرف غور سے دیکھا۔ گورا رنگ، لمبی سی ناک، آنکھیں بڑی بڑی اور خوبصورت، سر کے بالوں میں کہیں کہیں سفید ڈورے۔ اوپر کا دھڑ لمبا، نیچے کا مقابلتاً چھوٹا۔ ململ کی قمیص کے اندر بنیان، ململ کی دھوتی، سر پر گاندھی ٹوپی۔

اور ان کی شر یمتی جی جو ہاتھ جوڑ کے راجہ باچپائے کو نمستے کر رہی تھیں، وہی گجراتن تھیں جن کی جالی کی ساڑی امجد کو پسند آئی تھی۔ ماتھے پر سہاگ کا چمکتا ہوا تارہ، کندن کی دمک۔ رنگ بہت زیادہ گورا نہیں، مگر ملیح۔ یوں بظاہر دیکھنے میں شیریں سے بھی کہیں کم عمر۔ ایک بڑی سی پیکرڈ میں راج رتن بھائی اور ان کی شر یمتی جی بیٹھ گئیں۔

راجہ باچپائے کسی اور سے اپنی تین ہزار کی ہار کا ذِکر کرنے لگے۔ امجد نے آہستہ سے نذیر سے کہا، "یہی تھے راج رتن بھائی جوہری؟"

"ہاں۔"

"مجھے نہیں معلوم تھا کہ ان کی شادی ہو چکی ہے۔"

"ہو چکی ہے۔"

"تو پھر شیریں؟"

راجہ باچپائے اب پھر نذیر کی طرف مخاطب ہو گئے تھے، "شیریں؟ کیا ہو گا؟"

امجد نے کہا، "میں پوچھ رہا تھا کہ راج رتن بھائی کی شادی ہو چکی ہے، پھر شیریں کا کیا ہو گا؟"

راجہ نے کہا، "اجی شادی تو راج رتن کی اب ہوئی ہے۔ کوئی دو مہینے ہوئے اور شیریں اس کے پاس سال بھر سے ہے۔ شیریں سے بیاہ کیسے ہو سکتا ہے جی۔ بیوی تو اپنی ذات کی چاہیے اور یہ شیریں تو۔۔۔ ہی ہی۔۔۔ کیا بتاؤں نذیر، پچھلے دو ہفتے دو ہزار جیتا تھا۔ اس مرتبہ تین ہزار ہارا۔" اور اچھی طرح کھنکھار کر راجہ باچپائے نے اپنی حلق صاف کی۔

***

باغبان

ندی کے کنارے ایک چھوٹا سا باغ تھا۔

باغ کی سطح ذرا نیچی تھی اور کبھی کبھی برسات میں ندی کا پانی باغ کے نشیبی حصوں میں پہنچ جاتا تھا۔ پاس ہی سے سڑک گزرتی تھی، جہاں سے باغ کا منظر قابل دید تھا۔ راہ گیر جاتے جاتے ضرور نظر بھر کر پھولوں کے تختے کو دیکھ لیتے اور بچے ندی کے پل پر بیٹھ کر پھلوں پر للچائی ہوئی نظریں ڈالتے۔

ندی آہستہ آہستہ بہتی اور درختوں کا سایہ اس پر لرزتا ہوا معلوم ہوتا۔ ہوا چل کر ٹہنیوں کو ہلاتی اور پھول رقص کرنے لگتے۔ انسان کا تھکا ہوا دماغ دن بھر کے کام کاج کے بعد فطرت کی ان دلکشیوں میں کس قدر لطف پاتا ہے۔

اس باغ کا مالک جب دن بھر کی محنت کے بعد اس باغ میں آتا ہے تو اس کی مسرت کی کوئی انتہا نہ ہوتی۔

لیکن ایک ہستی ایسی بھی تھی، جس کو اس باغ سے بے پایاں محبت تھی۔ وہ اس باغ کا مالی تھا۔۔ اس باغ کا مالی جس نے اپنا خون پسینہ ایک کر کے ان پودوں کو پالا پوسا تھا۔ گرمیوں میں ان کو پانی دیا تھا، دن دن بھر ان پودوں کی تراش خراش کی تھی اور ان کی زندگی اور ترقی کا خیال اس کا نصب العین بن گیا تھا۔

وہ اکیلا تھا۔ اس کا کوئی رشتہ دار نہ تھا، شاید کوئی دور کا عزیز ہو۔ مگر ایسا تو کوئی نہ تھا جس کی کفالت اس کے ذمہ ہو۔ اس لیے بھی باغ اس کے لیے دنیا تھا۔ اس کی ساری

محبت ان پودوں میں محصور ہو گئی تھی۔ وہ ان کو پروان چڑھتے دیکھ کر خوش ہوتا، جیسے کوئی اپنے بچوں کو پروان چڑھتے دیکھ کر خوش ہو۔ تنخواہ اس کی تن پوشی کے لیے کافی تھی اور اسے لے دے کے اگر کوئی فکر تھی تو صرف باغ کی۔

وہ باغ کی خدمت اس لیے نہیں کرتا تھا کہ یہ اس کا فرض تھا۔ غالباً اس نے اپنے فرض کو کبھی محسوس نہیں کیا۔ وہ پودوں کو اپنے بچے سمجھتا اور ان سے محبت کرتا۔ جیسے کوئی باپ اپنے بچے سے محبت کرے۔

جب ہوا پھولوں کی بھینی بھینی خوشبو کو اڑا کر پریشان کرتی تو مست ہو جاتا۔ اس کے دل میں محبت کا پاکیزہ ترین جذبہ تھا اور یہ اسی محبت کا اثر تھا کہ وہ ان پھولوں کی خوشبو میں ایک خاص فرحت اور لذت پاتا۔ وہ اکثر محبت بھری نظروں سے ندی کو تکا کرتا۔ اس کی وجہ یہ تھی کہ ندی اس کے باغ کے پاس سے بہتی تھی اور اس کے درختوں کو پانی دیتی تھی۔

اور اس طرح اس کی زندگی، مسرت، کیف اور لطف سے لبریز تھی۔ یہ سب محبت کا اثر تھا اور محبت جو ہر دل میں کم و بیش موجود رہتی ہے، اس کے دل میں بھی تھی اور اسے دنیا و مافیہا سے بے پروا بنا چکی تھی۔

اس کا مالک جب باغ میں آتا اور باغ کی تروتازگی کو دیکھتا تو ٹھنڈی سانس بھر کر کہتا،

"یہ سب مالی کی محبت کا اثر ہے۔ ہر ہر پھول سے مالی کی محبت کی خوشبو آ رہی ہے۔"

شاید وہ اپنی محبت کو یاد کرنے لگتا، جو اس کے جوانی کے زمانے کی بہترین یادگار تھی۔

(۲)

دن گزرتے گئے۔ مالی بڈھا ہوتا گیا اور درخت تناور ہوتے گئے۔

اس کے مالک نے باغیچہ دوسرے کے ہاتھ بیچ ڈالا۔ باغبان اب بہت بڈھا ہو گیا تھا، درختوں کو اب بڈھے کی خدمات کا احتیاج نہ تھا۔ بڈھے کے ہاتھ پیر، اب درختوں کی خدمت کر بھی نہ سکتے تھے۔ حالاں کہ اس کی دلی محبت بڑھتی جا رہی تھی۔ اس کی حالت ان پرندوں کی سی تھی جو درختوں کی ٹہنیوں پر بیٹھ کر اور پھولوں سے مخاطب ہو کر نغمہ سرائی کرتے۔ بڈھا مالی بہت فرطِ مسرت سے کوئی دیہاتی راگ گانے لگتا۔

ایک دن نئے آقا نے بڈھے مالی کو بلا کر کہا، "یہ لو اپنی تنخواہ۔ اب تم بڈھے ہو گئے باغ تم سنبھال نہیں سکتے، جاؤ اور گھر بیٹھ کر اللہ اللہ کرو۔ اب تم کام نہیں کر سکتے اور یہ خدا کو یاد کرنے کا زمانہ ہے اور یہ لو انعام۔"

بڈھے مالی نے ہاتھ جوڑ کر کہا، "حضور میری ایک تمنا پوری کر دیں گے؟"

"کیا؟"

"مرنے کے بعد میری قبر پر اس باغ کا ایک پھول ڈال دیجیے گا؟"

یہ کہہ کر کہنہ سال باغبان نے ایک سرد آہ بھری اور لاٹھی ٹیکتا ہوا باہر نکل گیا۔

* * *